Gefangen

AF211232

Es war 06:54 Uhr.

Ich stand gemeinsam mit Kurt, Dietmar und Anton vor dem riesigen Tor. Anton betätigte den Klingelknopf. Nach kurzer Zeit konnten wir durch die Lautsprecherschlitze eine etwas blecherene, weibliche Stimme hören:

„Wer ist da?"

Meine Kollegen schauten mich an. Es schien wohl meine Aufgabe zu sein, mich mit dieser Sprechanlage zu unterhalten:

„Guten Morgen. Wir sind die Vertretung aus Schwerte. Wir sollen diese Woche hier Dienst machen."

Dann verstummte die Sprechanlage. Einige Sekunden später setzte unter lautem Brummen ein großer Elektromotor ein und das etwa vier Meter hohe, schwere Schiebetor rollte zur Seite.

Wir betraten den Hof der Justizvollzugsanstalt. Der komplette Boden der Fläche war mit Beton überzogen. Es gab ein paar große Pflanzkübel, aus denen jeweils ein kleiner Baum herausragte. Die Erde, aus denen die Pflanzen herausschauten, war mit Zigarettenkippen bedeckt. Rechts hinter dem Tor befand sich ein kleines Pförtnerhäuschen mit großer Panzerglasfront. Wir trabten dorthin und ich klopfte an die Scheibe. Hinter der Scheibe hatte eine Kollegin bereits gewartet. Sie lächelte mich an und sah mit ihrer Uniform und den zusammengebundenen roten Haaren unheimlich süß aus.

Sie deutete auf die Tür ihres Häuschens und betätigte einen Knopf. Der Summton verriet mir, dass ich die Tür nun öffnen konnte. Das tat ich auch und konnte die junge Frau nun aus der Nähe sehen. Sie hatte eine tolle Figur und ihre grünen Augen strahlten mich an:

„Hallo Jungs. Schön, dass ihr da seid. Wir haben schon auf euch gewartet. Bei uns sind im Augenblick fünf Mädels krankgemeldet. Wir haben inzwischen so viele Überstunden zusammen, dass wir die bis zum Herbst nicht abgefeiert kriegen.

Ich bin übrigens Katja."

„Ich heiße Thomas. Und wie geht es jetzt hier weiter?"

„Am Besten geht ihr erst mal zur Wiegand, unserer Chefin. Die wird euch schon dahin verteilen, wo ihr gebraucht werdet.
Einfach durchs Tor und dann nach links."

Ich verabschiedete mich und ging zusammen mit den anderen Jungs den beschriebenen Weg entlang.

Dann klopfte ich an die Tür der Anstaltsleiterin Monika Wiegand.

„Herein" hörte ich ein freundliches Rufen von innen. Ich öffnete die Tür und wir betraten den Raum. Hinter dem Schreibtisch saß eine lächelnde Dame.

Ich stellte mich vor:
„Guten Tag. Mein Name ist Thomas Fernholz. Wir Vier sollen Sie diese Woche unterstützen."

„Das ist schön, dass Sie endlich hier sind. Ich denke, wir sollten keine Zeit verlieren.
Wie ich sehe, tragen Sie ja schon alle Ihre Uniform. Dann können wir den Rundgang mit Vorführung der Umkleidekabinen ja etwas nach hinten verschieben.

Herr Fernholz, ich schlage vor, dass Ihre drei Kollegen sich noch mal bei Frau Schminder melden. Das ist die Dame beim Eingang. Sie wird ihnen ihre Aufgaben zuteilen. Und Sie bleiben noch kurz hier. Ich erkläre Ihnen dann den Ablauf etwas genauer. Sie können Ihre Informationen dann später untereinander austauschen und wir sparen alle viel Zeit."

Auf diese Anweisung hin verabschiedeten sich Kurt, Dietmar und Anton und ich stand allein vor Frau Wiegands Schreibtisch.

Sie stand auf, ging zur Tür und schloss ab. Dann musterte sie mich von oben bis unten genauestens:

„Wissen Sie, Herr Fernholz. Wir haben hier nur selten männliche Kollegen im Haus. Die Situation ist für uns alle etwas ungewohnt. Aber vielleicht tut uns ja etwas Abwechslung mal ganz gut…"

Daraufhin stellte sie sich vor mich und ließ ihre Hand über meine Brust gleiten. Langsam wurde mir klar, dass hier wohl etwas mehr als ein harmloses Gespräch stattfinden sollte.
Ich musterte sie ebenfalls von oben bis unten und kam zu dem Schluss, dass eine wunderschöne, reife Frau vor mir stand.
Sie war etwa 40 Jahre alt und hatte eine tolle, sportliche Figur mit rundem Becken und großer Oberweite. Ihr schwarzer, knielanger Rock und die weiße Bluse wirkten im Zusammenspiel mit den zum Knoten gebundenen, brünetten Haaren und der Brille etwas streng und unnahbar, aber sie hatte eine unglaublich erotische Ausstrahlung auf mich.

Ich genoss das Gefühl, wie sie ihre gepflegten Hände, deren lackierte Fingernägel mich magisch anzogen, über meine Brust gleiten ließ. Nach kurzer Zeit wanderten diese gefühlvollen Hände immer tiefer und hatten in rekordverdächtiger Geschwindigkeit meine Gürtelschnalle geöffnet. Kurze zeit später hatte sie meinen schon etwas angeschwollenen Penis und meine Hoden aus meiner Unterhose gezogen und die lästige Beinkleidung nach unten gestreift, bis sie auf meinen Füßen lag.

Dann kniete sie sich vor mich und noch bevor ich irgendwie reagieren konnte, befand sich mein kompletter Penis in ihrem Mund.

Ich muss aber zugeben, dass ich sie daran auch auf keinen Fall gehindert hätte, wenn ich die Möglichkeit dazu gehabt hätte. Dafür gefiel mir diese Frau einfach zu gut.

Gierig saugte und lutschte sie an meinem Glied. Gleichzeitig kraulte sie zärtlich meine Hoden. Langsam begann ich, zuzustoßen. Da sie sich dagegen nicht zur Wehr setzte, rammte ich ihr mein hartes Rohr immer wieder und immer schneller tief in den Hals hinein.

Sie würgte etwas, griff aber mit einer Hand hinter mein Becken, um mich zu ermutigen, weiter zu machen. Also tat ich das auch. Ich spürte, wie meine Eichel ganz hinten in ihrem Rachen anstieß.

Es machte mich unglaublich geil, das Gesicht dieser attraktiven, reifen Frau zu sehen, zwischen deren sinnlichen Lippen mein steifer Schwanz immer wieder verschwand.

Nach zahllosen Stößen merkte ich, dass meine Hoden immer praller wurden. Ich würde einen

Samenerguss nicht mehr lange hinauszögern können, aber ich wollte dieses Sexabenteuern nicht beenden, ohne meinen harten Penis in ihre Vagina zu schieben.

Also zog ich ihn einfach aus dem Mund dieses gierig saugenden weiblichen Wesens. Ich fasste an ihre Schultern und zog sie nach vorn.

So hatte Monika keine andere Möglichkeit, als sich mit den Händen auf dem PVC-Boden ihres Büros abzustützen, um nicht auf ihr Gesicht zu fallen.

Dann kniete ich mich hinter sie. Ich schob hastig ihren Rock hoch und sah vor mir ein wunderschönes, knackig rundes Hinterteil.

Schnell zog ich noch den kleinen, schwarzen Slip bis zu ihren Knien runter. Nun befand sich direkt vor mir ein kleines, zuckendes Poloch und direkt darunter ihre nass glänzenden Schamlippen.

Ich konnte nicht widerstehen. Ich leckte meinen Zeigefinger nass und bewegte ihn zärtlich kreisend um ihre Rosette.

Dann ließ ich ihn tiefer gleiten und tastete vorsichtig ihre Schamlippen ab. Sie waren wundervoll nass und warm.

Die nächste Station war ihre Klitoris. Vorsichtig umspielte ich sie.

Monikas ganzer Unterleib begann zu zucken. Sie stöhnte vor Erregung.

„Los, fick mich endlich!" schrie sie laut heraus.

Den Wunsch wollte ich ihr gern erfüllen. Ich schob meine harte Eichel zwischen ihre Schamlippen und versenkte meinen dicken Schwanz komplett in ihrer Vagina. Dieses enge, warme und nasse Gefühl um mein Rohr war unbeschreiblich schön.

Ich zog mein Glied ein paar Zentimeter zurück und stieß sofort erneut zu. Diese Bewegung wiederholte ich nun in einem immer schneller werdenden Takt. Die Anstaltsleiterin quietschte regelrecht vor Begeisterung.

Ich war kurz vor dem Abspritzen, wollte aber mehr von ihrem Körper sehen und fühlen. Daher griff ich mit beiden Händen um ihren Rücken, tastete nach der Knopfleiste ihrer Bluse und riss sie einfach auf. Zwei oder drei Knöpfe rissen ab, die restlichen sprangen auf. Als Nächstes krallte ich mir mit den Fingern die Unterkante ihres Büstenhalters und zog ihn hoch. Sofort fühlte ich, wie zwei große, weiche Brüste nach untern fielen und dann im Takt meiner Stoßbewegung zu tanzen begannen.

Ich griff einfach zu und schnappte mir mit jeder Hand eine Brust. Sie fühlten sich toll an. Warm und weich waren sie. Beim Abtasten spürte ich, dass ihre Nippel vor Geilheit total hart waren. Diese Frau war so wundervoll, dass ich auch ihr ein unvergessliches Erlebnis bereiten wollte.

Dafür würde ich aber nicht viel Zeit haben, denn der Druck in meinen Samensträngen wurde immer höher.

Ich schaute an mir herunter und beobachtete, wie mein nasser Schwanz immer wieder in ihrer glitschigen Möse verschwand. Aber auch dieses zuckende Poloch darüber reizte mich ungemein. Also ließ ich die Brust in meiner rechten Hand los und schob langsam meinen Zeigefinger in ihre Rosette.

Monika kreischte regelrecht. Es schien genau die Behandlung zu sein, die sie dringend brauchte.

Dann war es so weit. Ich konnte mich nicht mehr länger beherrschen: „Ich spritz jetzt ab", rief ich ihr zu.

Das wollte sie aber auch jeden Fall nicht in dieser Position. Schlagartig zog sie ihr Hinterteil nach vorn und drehte sich um. Ich konnte überhaupt nicht verhindern, dass mein Sperma mitten in ihr Gesicht spritzte. Ich traf ihre Haare, ihre Brille und ihre Lippen, die sie sofort gierig öffnete. Der nächste Samenschub landete genau in ihrem Mund.

Dann schnappte sie zu und mein Schwanz war wieder zwischen ihren Lippen verschwunden. Ich spritzte einfach weiter und sie saugte mich gleichzeitig regelrecht aus. Gierig schlürfte sie jeden Tropfen Sperma aus meiner Eichel heraus. Anschließend spuckte sie mein sauber gelecktes und inzwischen etwas weich gewordenes Glied einfach achtlos aus. Sie hockte sich hin, nahm ihre Brille ab und schleckte sie langsam und genießerisch sauber.

Es dauerte nur en paar Minuten, bis Monika Wiegand wieder so streng und geordnet aussah, wie vor unserem geilen Fick. Aber sie hatte alle nötigen Utensilien in ihrem Büro.

Hier gab es ein Waschbecken mit Spiegel, an dem sie ihr Gesicht wusch und die Haare wieder ordnete. Im Büroschrank hatte sie sogar eine zweite weiße Bluse, die sie schnell anzog.

Ich selbst musste nur meine Hose hochziehen.
Ich war zwar etwas verschwitzt, aber das würde
wohl nicht weiter auffallen.

Ich verabschiedete mich höflich, verließ das Büro
und meldete mich dann wieder bei Katja.

Sie führte mich durch das Frauengefängnis,
zeigte mir die Räume und Absperrungen und
stellte mir ihre Kolleginnen und ein paar der
Insassinnen vor, für die ich in den nächsten tagen
zuständig sein würde.
Abgesehen von den heißen Blicken, die Katja mir
ab und zu zuzuwerfen schien, passierte an diesem
Tag nichts Besonderes mehr.

Oral

„Nimm ihn endlich in den Mund!"

Langsam werde ich etwas unfreundlicher zu dieser kleinen Schlampe. Immerhin habe ich ihr gerade 50 € dafür gegeben, dass sie mir ordentlich meinen Pimmel durchlutscht, meine Eier leckt und mein Sperma schluckt.
Aber jetzt kniet die Nutte schon seit fünf Minuten vor mir in einer der Umkleidekabinen dieses riesigen Kaufhauses, hat meinen Schwanz in der Hand und streichelt damit nur über ihre nackten Titten.
Ihre Möpse sind zugegebenermaßen sehr hübsch. Sie sind ziemlich üppig und hängen fast gar nicht. Trotzdem sehen sie sehr natürlich aus und scheinen nicht operiert zu sein.

Eigentlich ist es ein schönes Gefühl, wenn sie meine Eichel über die zarte Haut ihrer Brüste und gelegentlich ihre großen, harten Nippel gleiten lässt, aber ich hatte dieses Mal einfach andere Vorstellungen.

„Jetzt lutsch endlich meinen Schwanz!"

Sie lächelte mich an und kam dann endlich meinem Wunsch nach. Zuerst spuckte sie eine riesige Speichelpfütze mitten auf meine Eichel. Dann griff sie sich mein hartes Rohr mit beiden Händen und ließ ihre Finger über meine vollgespuckte Eichel gleiten. Zärtlich verteilte sie die Flüssigkeit über meinen ganzen Schwanz. Dann öffnete sie endlich ihre vollen, knallrot geschminkten Lippen und ließ langsam und genüsslich meinen Pimmel dazwischen verschwinden.

Immer tiefer verschwand mein Penis in ihrem Mund. Es war ein unglaublich warmes und nasses Gefühl. Ich spürte, wie ihre flinke Zunge jeden Zentimeter meines Schwanzes abtastete. Gleichzeitig schob sie sich mein Rohr noch tiefer in den Rachen. Nach kurzer Zeit war der komplette Pimmel in ihrem Schlund verschwunden und ich spürte, wie ihre feucht glänzende Unterlippe meinen Sack küsste. Sie schien dabei überhaupt keinen Würgereiz zu verspüren. Bestimmt hatte sie schon mit vielen Schwänzen geübt, um so einen geilen Deepthroat über sich ergehen zu lassen.

Ich hatte aber keine Lust, darüber nachzudenken, wie viele Pimmel schon vor meinem in diesem wundervollen Mund waren.

Ich bekam gerade jetzt genau da, was ich mir gewünscht hatte und ich genoss es auch. Ich begann also mit ein paar langsamen Fickstößen. Sie bewegte sich nicht von der Stelle und ließ es sich einfach gefallen. Also erhöhte ich tast Tempo.

Ich rammelte diese geile Mundfotze so heftig, als wäre es der letzte Fick meines Lebens. Ich spürte, wie meine harte Eichel immer wieder tief in ihren Rachen eindrang. Dabei entstand ein schmatzendes Geräusch, denn in ihrem Mund bildete sich scheinbar gerade eine riesige Menge Speichel.

Sie ließ sich meine demütigende Behandlung ohne Gegenwehr gefallen und kraulte dabei sogar noch meine Eier.

Nach einiger Zeit war ich dann soweit. Ich spritzte einfach los. Es muss ein riesiger Samenstrahl gewesen sein, der in ihrem Mund landete. Ich sah zwar an ihrem tanzenden Adamsapfel, dass sie immer wieder schluckte, aber diese Mengen konnte sie nicht schaffen. Bald floss der weiße Schleim einfach zwischen ihren Lippen heraus, an ihrem Kinn herunter und tropfte auf ihre Titten.

Ich blieb nun einfach regungslos stehen und schaute an ihr herunter. Sie spuckte meinen Schwanz aus und begann, ihn sauber zu lecken.

Ein Arzt namens Carsten

Es war 06:03 Uhr und Montagmorgen.
Lisa kam müde aus dem Umkleideraum, lief quer über den Flur und betrat die Kaffee-Küche, die sich direkt Gegenüber befand.
Sie nahm sich eine blaue Tasse mit weißen Punkten aus dem Regal und füllte sie mit dem abgestandenen Kaffee aus der Glaskanne, die zum Warmhalten noch immer auf der eingeschalteten Kaffeemaschine stand. Danach ließ sie zwei Tabletten aus dem Süßstoff-Spender in die Tasse plumpsen und schlenderte müde durch die Gänge des Krankenhauses.

So freundlich, wie es ihr um diese Uhrzeit möglich war, grüßte sie alle Beschäftigten, Patienten und Besucher des Krankenhauses, die ihr entgegen kamen.
Im Eingangsbereich nickte sie Eva Wagner, der Dame am Informationsschalter zu und verließ dann das Gebäude durch den Haupteingang.
Dort standen bereits Nadine Hilsmann und Claudia Berger, zwei andere Krankenschwestern, und rauchten.

Lisa hatte die Beiden erst am Samstag kennen gelernt, da sie erst seitdem in dieser Klinik beschäftigt war.
Sie hatte großes Glück gehabt, direkt nach ihrem Umzug in diese Stadt einen neuen Arbeitslatz im städtischen Krankenhaus zu bekommen.
Jetzt hatte sie bereits zwei Tage Frühschicht hinter sich.

Sie begrüßte ihre Kolleginnen, stellte sich dazu und zündete sich ebenfalls eine Zigarette an. Der Bereich neben dem Haupteingang war einer der wenigen Orte, wo Rauchen noch erlaubt war. Nachdem sie etwa drei Minuten schweigend geraucht hatte, viel ihr Blick auf einen Mann im Arztkittel, der durch den Haupteingang nach draußen trat und sich zu den drei Schwestern gesellte.

„Guten Morgen, die Damen"; grüßte er freundlich und angelte sich dann eine Zigarettenschachtel aus der Tasche seines Kittels.
Interessiert schaute er Lisa an, während er sich eine Zigarette in den Mund steckte: „Du bist neu hier, oder? Ich heiße Carsten." Er hielt ihr seine

Hand hin und verschlang sie förmlich mit seinen blauen Augen.

Lisa griff seine Hand und antwortete höflich: "Ich bin Lisa. Ich habe hier erst zum Wochenende angefangen."
Seine Hand war groß und kräftig, aber auch sehr gepflegt. Lisa musterte den Arzt jetzt auch sehr genau. Er war etwa Mitte 30, hatte kurze, dunkelblonde Haare und eben diese schönen, auffällig blauen Augen. Er gefiel der jungen Frau sehr gut.

Nach ein paar weiteren Zigarettenzügen mussten die drei Schwestern sich verabschieden und gingen zu ihrer Station. Im Aufzug musste Lisa erst mal ein paar Fragen loswerden: „Carsten ist ja vielleicht süß. Ist der auch öfters auf unserer Station? Wie ist er so?"

Nadine verdrehte die Augen: „Lass lieber die Finger von dem Kerl. Er ist verheiratet, aber er treibt es mit fast jeder Frau, die ihn ran lässt…"

Nachdem sie einen viel sagenden Blick von Claudia kassierte, fügte sie kleinlaut hinzu: „Ok, ich war ja auch schon mal mit ihm im Putzmittelraum…"

Lisa konnte gar nicht glauben, was sie da hörte: „ Und, wie war es?"

„Eigentlich ziemlich geil", gab Nadine zu. „Er ist ziemlich geschickt mit seinen Fingern. Aber hinterher hat das Arschloch so getan, als wäre nichts gewesen.
Also wenn du nur ein bisschen Sex willst, bist du bei ihm richtig. Aber mehr läuft da halt mit Sicherheit nicht.
Er macht hier übrigens nachher die Visite. Du läufst ihm heute bestimmt noch ein paar Mal über den Weg."

Lisa nickte. Sie war momentan zwar Single, aber als reines Lustobjekt wollte sie auch nicht benutzt werden. Daher nahm sie sich fest vor, zu dem süßen Arzt gegenüber zwar weiterhin höflich, aber etwas distanziert zu bleiben.

Blödes Auto

Nadine sollte Recht behalten.

Um 09:32 Uhr erschien Dr. Carsten Feldhoff gemeinsam mit Assistenz-Ärztin Rebecca Wortmann, die unter ihrem Arm einen Aktenordner trug und ihrem Vorgesetzten schmachtend folgte.
Die beiden Ärzte betraten ein Patientenzimmer nach dem Anderen, untersuchten die Patienten und sprachen freundlich mit ihnen.
Lisa konnte gar nicht verhindern, Carsten ständig über den Weg zu laufen, da sie in diesem Zeitraum damit beschäftigt war, einige Infusionsflaschen auszutauschen und diverse Verbände zu erneuern.
Immer wieder trafen sich die Blicke der jungen Krankenschwester und des attraktiven Arztes. Lisa versuchte zwar, ihn so uninteressiert und reserviert wie möglich anzuschauen, aber wirklich überzeugend gelang ihr das einfach nicht. Man konnte fast ein erotisches Knistern in der Luft hören, wenn sich ihre Blicke trafen.

Um 10:19 Uhr war die Visite endlich beendet und die Ärzte verließen die Station. Endlich kehrte hier wieder der Alltag ein.

Lisa erledigte ihre Aufgaben sorgfältig.
Sie verteilte Medikamente, zeigte Gästen, wo sich die Toiletten und die Schränke mit den Blumenvasen befanden, führte ein paar Telefonate und verteilte die Fragebögen für die Menüvorplanung des nächsten Tages an die Patienten.

Um 14:03 Uhr verabschiedete sie sich von ihren Kolleginnen und zog sich um.

Danach verließ sie den Umkleideraum und ging zum Privatparkplatz des Klinikpersonals. Sie stieg in ihren alten, blauen Kleinwagen.
Als Nächstes hatte sie geplant, zum Supermarkt zu fahren, um den Kühlschrank ihrer noch recht provisorischen Küche ein wenig aufzufüllen. Es sollte aber anders kommen.

Als Lisa den Zündschlüssel drehte, machte der Anlasser ihres Autos kurz ein paar traurige Geräusche und rührte sich dann nicht mehr. Bei den nächsten Zündungsversuchen gab der Wagen keinen Ton mehr von sich.

Die Krankenschwester fluchte, zog den Hebel für die Motorhauben-Entriegelung und stieg aus. Sie klappte die Motorhaube hoch schaute auf den Motor.

Sie hatte es ja eigentlich gewusst, aber jetzt war ihr wirklich klar, dass sie keinerlei Ahnung Autos, Motoren und der dazugehörigen Technik hatte. Sie fragte sich, wieso sie die Motorhaube überhaupt geöffnet hatte. Lisa fluchte noch mal.

„Kann ich helfen?" Sie erkannte diese Stimme sofort. Genau in diese Situation wollte sie auf gar keinen Fall kommen. Sie seufzte und drehte sich um.

Carsten lächelte freundlich. In der Jeanshose und dem dunklen T-Shirt fand Lisa ihn noch süßer als im Arztkittel.

Sie lächelte etwas gequält, aber freundlich zurück: „Das Mist-Ding springt nicht an. Ich weiß nicht, was kaputt ist."

„Ehrlich gesagt, habe ich auch nicht viel Ahnung von Autos. Wenn du möchtest, kann ich dich mitnehmen.

Ein Freund von mir ist Autoschrauber. Ich kann ihn ja mal fragen, ob er sich deine Karre heute Abend mal ansehen kann..."

Für Lisa hörte sich der Vorschlag eigentlich gut an: „Das wäre toll. Ich bin gerade erst umgezogen und habe eigentlich keine Kohle für eine dicke Werkstattrechnung übrig..."

„Komm mal mit. Das kriegen wir schon geregelt." Die Schwester folgte Carsten zu seinem Sportwagen und nahm auf der Beifahrerseite platz. Carsten fuhr los. Lisa begann gerade, sich zu fragen, wo er überhaupt mit ihr hin fuhr. Sie hatte ihm ja noch gar nicht ihre Adresse genannt. Wollte er sie etwa einfach mit nach hause nehmen? Das wäre eigentlich ganz schön dreist. Immerhin hatten sie sich gerade erst kennen gelernt. Außerdem hatte Nadine ja gesagt, dass Carsten verheiratet wäre.

Noch bevor Lisa den Mut fand, ihn zu fragen, was denn nun das Ziel ihrer Fahrt sei, hielt Carsten an. Sie befanden sich nun auf dem Parkplatz einer Autowerkstatt. Der Arzt zog sein Smartphone aus der Jackentasche und wählte eine Telefonnummer.

„Hi, hier ist Carsten. Ich steh bei euch auf dem Parkplatz. Komm mal kurz raus, du Penner."

Nach ein paar Sekunden verließ ein etwa 40jähriger Mann, der mit einem verdreckten Overall bekleidet war, durch das geöffnete Rolltor die Werkstatt und kam direkt auf Carstens rotes Cabriolet zu.
Carsten stieg wortlos aus, hielt seine geöffnete, rechte Hand nach vorn und grinste ihn an.

Der Mann grinst zurück und schlug mit seiner ölverschmierten Hand ein:

„Du Blödmann. Erst lässt du dich wochenlang nicht blicken und jetzt nervst zu mich hier auf der Arbeit. Was willst du von mir?"

Carsten schien nicht beleidigt zu sein. Offenbar war er diesen Tonfall gewohnt: „Hallo, Thomas. Darf ich dir Lisa vorstellen? Sie ist eine neue Kollegin und ihr Wagen springt nicht an. Kannst du mir den Gefallen tun und mal nachschauen, ob du ihn hinbekommst?"

Lisa stieg aus und gab Thomas die Hand. Er griff ohne zu zögern zu und schüttelte sie kräftig. Lisa überlegte in der Zwischenzeit, wie lange es wohl nachher dauern würde, den öligen Dreck, den Thomas gerade in ihre Handfläche einarbeitete, wieder abzuwaschen.

Thomas grinste sie an: Alles klar. Dann gib mir mal den Autoschlüssel und deine Parkkarte. Die Karre steht doch bestimmt auf eurem Personalparkplatz, oder?"

Lisa kramte die gewünschten Gegenstände aus ihrer Handtasche und reichte sie dem Mechaniker: „Ja, genau da steht er."

„Ich werde gleich mal sehen, was ich machen kann. Aber erst muss ich hier noch eine Stunde weiterschrauben."

Dann verabschiedete sich Thomas und trottete zurück in die Werkstatt.

Carsten und Lisa stiegen wieder in den Sportwagen.

Nach etwa zehn Minuten parkte der Arzt vor dem alten Mehrfamilienhaus, in dessen

Dachgeschosswohnung Lisa seit genau einer Woche wohnte.

Lisa zögerte. Ihre Kolleginnen hatten sie vor dem Arzt gewarnt, aber er war bisher so nett und hilfsbereit, dass sie ihn nicht einfach abwimmeln wollte: „Danke, Carsten. Willst du noch mit hochkommen auf einen Kaffee?"

Carsten lächelte sie freundlich an: „Ein anderes Mal sehr gern. Aber ich habe gleich noch einen wichtigen Termin."

Er verabschiedete sich und ging.

Lisa war sich nicht sicher, ob sie sich darüber freuen sollte. Einerseits wollte sie als Spielzeug angesehen werden, aber andererseits hatte sie sich in der kurzen Zeit schon ein wenig in den attraktiven Mediziner verliebt und konnte nur hoffen, dass es wirklich einen Termin gab, der ihn daran hinderte, der jungen Krankenschwester näher zu kommen.

Der nächste Tag

Lisa hatte ihr Auto wieder. Thomas hatte es abends bei ihr vorm Haus abgestellt, nachdem er die defekte Starterbatterie ausgetauscht hatte.

Jetzt war es 05:38 Uhr. Sie hatte den Wagen wieder auf dem Personalparkplatz abgestellt und ging zum Unkleideraum.

Nachdem sie in ihre Schwesterntracht geschlüpft war und sich mit Kaffeetasse und Zigaretten ausgerüstet hatte, trat sie wie jeden Morgen durch den Haupteingang nach draußen.

Dort rauchten Nadine und Claudia wie gewohnt ihre morgendliche Zigarette. Außerdem standen dort noch ein Pfleger, ein Arzt und zwei andere Schwestern, die Lisa noch nicht kannte.
Sie grüßte freundlich und gesellte sich dazu.

Zwei Minuten später stellte auch Carsten zum Kreis der morgendlichen Raucher.
„Guten Morgen", gab er etwas müde von sich.

Lisa hatte das Gefühl, dass er sie trotz seines verschlafen wirkenden Gesichtsausdrucks besonders aufmerksam anschaute. Sie lächelte ihm zu. Über ihre Autopanne und die gemeinsamen Unternehmungen danach sprachen beide nicht an. Lisa war darüber sehr erleichtert. Es wäre ihr peinlich gewesen, ihren Kolleginnen schon nach so kurzer Zeit von privaten Erlebnissen mit dem umschwärmten Chefarzt zu berichten.

Nach einigen Minuten trotteten die Schwestern auf ihre Station.
Wie bereits am Vortag erschien Carsten gegen 09:30 Uhr mit seiner Assistenz-Ärztin zur Visite. Als die beiden Lisa im Flur entgegen kamen und Rebecca gerade von einer Patientin angesprochen wurde, nutzte die Schwester die Gelegenheit. Sie hielt kur an und flüsterte in Carstens Ohr: „Der Wagen läuft wieder super. Vielen Dank noch mal…"

Carsten lächelte sie kurz an und setzte die Visite gemeinsam mit Rebecca fort.

Nach ein paar Minuten bat er Rebecca darum, ihm ein scheinbar fehlendes Formular zu bringen.

Nachdem sie sich in Bewegung gesetzt und die Station verlassen hatte, schubste Carsten Lisa, der er ja eh ständig im Flur begegnete, in ein unbelegtes Patientenzimmer und schloss die Tür. Lisa schaute ihn etwas erschrocken und erwartungsvoll an.

„Keine Angst. Ich falle jetzt nicht über dich her. Du bist aber so süß, dass die Versuchung schon groß ist…
Ich wollte dir nur noch mal sagen, dass ich Gestern leider wirklich keine Zeit hatte. Es hatte nichts mit dir zu tun.
Ich hatte noch einen Anwaltstermin wegen meiner Scheidung und…."

Weiter kam er nicht. Lisa wollte nicht länger warten. Sie schlang ihre Arme um ihn und drückte ihm gierig einen Kuss auf den Mund. Darauf war Carsten nicht gefasst. Er öffnete die Lippen und wollte scheinbar etwas sagen.
Lisa wollte sich aber diesen Moment auf keinen Fall durch irgendeine Diskussion kaputt machen lassen. Sofort schob sie ihre Zunge in seinen Mund.
Carsten hatte keine Chance, sich dagegen zu wehren. Aber der Kuss gefiel ihm so gut, dass es

dafür überhaupt keinen Grund gab. Er umfasste ihre Hüfte mit beiden Armen und zog sie noch enger an sich heran.

Dann hörten sie die energischen Schritte der Assistenz-Ärztin auf dem Flur. Daher lösten sie sich von einander. Sie lächelten sich noch kurz an, bevor Carsten das Zimmer verließ und die Visite fortsetzte.
Lisa wusste, dass es nicht der letzte Kuss zwischen ihnen war. Gut gelaunt ging sie wieder an die Arbeit.

Abenteuer im Aufzug

Nach Dienstende traf sich Lisa mit Carsten in einem Kaffee in der Nähe der Klinik. Sie unterhielten sich eine Weile über belanglose Themen.

Lisa brachte nach fast zwei Stunden noch einmal den Mut auf, Carsten zu fragen, ob er sie noch in ihre Dachgeschosswohnung begleiten würde.

Dieses Mal stimmte er zu.
So schnell der Verkehr es zuließ, fuhren sie dort hin und stellten das Auto auf dem Parkplatz ab.

Es war nicht gerade eine luxuriöse Behausung, aber es war schwierig genug, hier eine Wohnung zu finden und mehr gab Lisas Gehalt nicht her.

Lisa öffnete die Haustür und sie standen in einem Treppenhaus, welches nicht wirklich einladend wirkte.
Die Wände waren mit cremeweißen Kacheln gefliest. Ein Teil der Fliesen war aber zerbrochen oder fehlte.

Überall hatten Jugendliche ihrer poetischen Ader freien Lauf gelassen und mit verschiedenfarbigen Permanent-Markern unanständige Bilder oder Sprüche auf die Wände gekritzelt.

Carsten öffnete die Tür des Aufzuges und ließ Lisa zuerst einsteigen.
Sie drückte den Knopf für die achte Etage, die Tür schloss sich und der Fahrstuhl setzte sich in Bewegung.
Carsten schaute sich um. Der Aufzug wirkte nicht ganz so abstoßend wie das Treppenhaus, da er offenbar erst vor kurzem erneuert wurde.

Lisa betätigte den Notfallknopf und schlagartig blieb der Fahrstuhl zwischen der dritten und vierten Etage stehen.
Carsten schaute sie erstaunt an. Damit hatte er nicht gerechnet. Aber bevor er etwas sagen konnte, griff Lisa ihn mit beiden Händen am Hinterkopf und zog ihn so fest sie konnte an sich heran.
Sie drückte ihre geöffneten Lippen auf seinen Mund und begann sofort mit ihrer Zungenspitze, auch seine Lippen auseinander zu drücken.

Carsten konnte zwar noch nicht richtig glauben, was ihm gerade passierte, ließ sich aber sofort darauf ein. Er ließ seine Zunge in ihren Mund gleiten und fasste Lisas Hüfte mit beiden Händen. Eine ganze Weile standen sie so fast unbeweglich und tasteten gegenseitig ihre Mundhöhlen mit der Zunge ab.

Dann schubste Carsten die wunderschöne Frau langsam zurück und drückte sie gegen die Aufzugstür.

Lisa stöhnte leise auf und hob langsam ihr Knie an, bis sie sein hartes Glied durch den Stoff seiner Hose spürte.

Carsten blieb kurz regungslos stehen. Als sie das Bein wieder runter nahm, ging er vor ihr auf die Knie. Vorsichtig schob er ihren Rock hoch und blickte kurz darauf auf einen kleinen weißen Slip. Der Stoff war schon völlig durchnässt und durchsichtig.

Gierig schob der Arzt den Stoff zur Seite und schon befand sich direkt vor seinem Gesicht eine bildhübsche, komplett glatt rasierte Vagina.

Die Schamlippen glänzten so feucht, dass Carsten nicht widerstehen konnte. Genüsslich taucht er mit seiner Zungenspitze so tief es ging zwischen die nassen Lippen und tastete sie regelrecht von der Innenseite her ab. Der Geschmack auf der Zunge war unbeschreiblich. Lisa stöhnte zitternd und spreizte die Beine weiter, wodurch sich die Vagina etwas weiter öffnete.

Carsten empfand das als Einladung, das Geschlechtsteil der jungen Krankenschwester intensiver zu bearbeiten. Als nächstes schob er daher seinen Finger tief in die Vagina hinein. Sie fühlte sich angenehm warm, nass und eng an. Lisa griff plötzlich sein Handgelenk und begann, es zunächst langsam, dann aber immer schneller werdend vor und zurück zu schieben. So versenkte Carsten seinen Finger immer wieder tief zwischen ihren Schamlippen.
Da sie offenbar durch die Bewegungen immer erregter wurde, nahm er bald auch noch den Mittelfinger und den Ringfinger zur Hilfe.

Lisas Vagina war fast zu eng, um darin drei Finger vor und zurück zu schieben. Aber sie war so nass, dass es gerade eben passte.

Lisa rüttelte inzwischen mit einer unheimlich hohen Geschwindigkeit an Carstens Handgelenk. Er spürte, wie ihr ganzer Unterleib immer stärker zitterte, während seine Finger durch das enge, nasse Loch flutschten. Sie steuerte gerade offenbar auf einen sehr intensiven Orgasmus zu und begann, laut zu schreien. Dass sie sich im Fahrstuhlschacht eines Hochhauses befand und die Geräusche deshalb hervorragend auf sämtlichen Etagen zu hören waren, störte sie nicht im Geringsten.

Dann verstummte sie und schloss genüsslich die Augen. Sie hatte gerade einen unvergesslichen sexuellen Höhepunkt erlebt.

Nach einigen Sekunden öffnete sie die Augen wieder und schaute auf den vor ihr knienden Carsten herunter, der bewegungslos vor ihr verweilte und sich nicht sicher war, wie es nun weitergehen würde.

Dann konnten die Beiden ein lautes Klopfen und einige ungeduldige Rufe zu hören, deren Ursprung offenbar oberhalb des Aufzuges war.

Genau konnten sie die Rufe nicht verstehen, aber es beschwerten sich eindeutig mehrere Personen im fünften oder sechsten Stockwerk über den blockierten Fahrstuhl.

Da Lisas Lustschreie im ganzen Haus zu hören waren, glaubte mit Sicherheit auch niemand an ein technisches Problem im Aufzug.

Lisa lächelte Carsten zufrieden an und schubste ihn dann ohne Vorwarnung um.

Als er dort wie ein umgedrehter Käfer mit dem Rücken auf dem Boden des Aufzuges lag, kniete sich nun Lisa vor ihn und begann seine Hose zu öffnen. Nachdem Knopf und Reißverschluss überwunden waren, griff sie gierig in seinen Slip und brachte seinen knallharten Penis und den Hodensack zum Vorschein.

Dann kletterte sie einfach auf Carstens Hüfte, griff sein Glied, setzte sich auf ihn drauf und führte es gleichzeitig langsam in ihre tropfnasse Vagina ein.

Sie begann mit langsamen Reitbewegungen, wobei das Glied immer wieder einige Zentimeter aus der Vagina heraus und dann wieder hinein rutschte. Dabei entstand ein schmatzendes Geräusch, welches beide als unheimlich erregend empfanden.

Carsten griff mit beiden Händen nach Lisas Hüfte und unterstützte ihre Bewegungen, indem er die junge Frau immer wieder etwas anhob und dann auf seinem steifen Penis landen ließ.

Diesen Griff um die Hüfte musste er aber nach kurzer Zeit wieder aufgeben, da sein Drang, ihre Bluse zu öffnen und ihre Brüste freizulegen einfach zu groß war. Er griff mit beiden Händen in den Kragen der Bluse und riss den Stoff ruckartig auseinander.

Die Knöpfe flogen in alle Himmelsrichtungen. Das Geräusch, das bei ihrem Auftreffen auf den Wänden und dem Boden des Fahrstuhls entstand, erinnerte an eine zerrissene Perlenkette.

Nun versperrte nur noch ein knallroter BH Carstens freie Sicht auf Lisas Brüste.

Also zog er die Bluse aus dem Bund von Lisas Rock heraus und griff mit beiden Händen unter den Stoff hinter ihrem Rücken. Carsten war nicht wirklich geübt im Öffnen von Dessous, aber nach ein paar Sekunden fielen die Träger des BH nach unten und direkt über seinem Kopf befanden sich zwei wunderschöne runde Brüste, die genau die richtige Größe hatten. Die Brustwarzen waren hart und spitz und der gesamte Busen schaukelte sinnlich im Rhythmus der Reitbewegungen mit.

Carsten konnte nur zugreifen. Es war wie ein Reflex, den er gar nicht steuern konnte. In jeder Hand hatte er nun eine runde, weiche Brust. Er beugte sich mit dem Oberkörper nach oben, da er unbedingt an Lisas Brustwarzen lutschen wollte. Es war gar nicht so einfach, bei dieser tanzenden Bewegung der gesamten Oberweite, einen Nippel mit den Lippen einzufangen. Nach einigen Versuchen schaffte er es aber.

Gierig nuckelte und saugte er an ihrer rechten Brustwarze, während er gleichzeitig im Takt der Reitbewegungen seine Hüfte nach oben stieß.

Lisa griff hinter ihren Rücken und Carsten spürte, wie ihre geschickten Finger begannen, seine Hoden zu kraulen.

Dann konnte er seinen Höhepunkt nicht länger zurückhalten. Er ließ ihre Brüste los, griff wieder nach ihrem Becken und stieß noch ein paar Mal sein hartes Glied tief zwischen Lisas Schamlippen, bis der Samen in einer großen Fontaine aus seiner Eichel sprudelte. Sie spürte, wie der Penis in ihrer Vagina zuckte, ritt aber einfach weiter, obwohl Carsten schon fast regungslos und erschöpft unter ihr auf dem Fahrstuhlboden lag.

Erst als sie spürte, wie das Sperma langsam aus ihrer Vagina heraus floss, wurde sie ruhiger.

Eine Weile verharrten die Beiden regungslos in ihrer Liebesposition. Dann stand Lisa langsam auf, schob ihr Höschen wieder an die richtige Stelle und zupfte den Rock wieder in Form.

Dann lächelte sie Carsten an, der inzwischen auch aufgestanden war und gerade den Reißverschluss seiner Hose hochzog.

„Trinken wir jetzt einen Kaffee bei mir?"

„Klar." Carsten sammelte die Knöpfe von Lisas Bluse auf und betätigte noch einmal den Notfallknopf.

Der Aufzug setzte sich wieder in Bewegung.

Schöner Abend in der Trinkhalle

Eigentlich waren sie jeden Abend hier.

„Tommis Bierbude" war nicht etwa eine gemütliche Kneipe, sondern ein kleiner Kiosk, der sich direkt neben dem Arbeitsamt befand. Hier bekamen sie auch noch etwas zu trinken, wenn längst alle anderen Geschäfte geschlossen waren.

Das große Geschäftsfenster war geöffnet. Die breite Fensterbank, die auch als Tresen diente, war etwa mit einem Duzend Bierflaschen und zwei fast überquellenden Aschenbechern geschmückt. Davor standen auf dem Bürgersteig zwei Stehtische, für die Tommi eigentlich gar keine Genehmigung hatte. Er stellte sie daher immer erst abends nach draußen, wenn alle Mitarbeiter des Ordnungsamts Feierabend hatten.

Das eigentliche Konzept von „Tommis Bierbude" bestand darin, dass sich die Kunden von außen vor das Fenster stellten und Tommi, der sich, zumindest dem Konzept nach, auf der anderen Seite des Fensters befinden sollte, das gewünschte Getränk oder den bestellte Snack herausreichte.

Das Konzept ging aber nicht auf.
Inzwischen ging einfach jeder Gast, der die Gepflogenheiten dieses Fachgeschäfts kannte, einfach durch die Tür in den völlig mit Bierkisten und Gerümpel zugestellten kleinen Innenraum, suchte sich das gewünschte Getränk und winkte dann Tommi, der meistens selbst mit einer Bierflasche in der Hand draußen an einem seiner Stehtische stand, mit dem entnommenen Getränk zu, damit dieser eine entsprechende Markierung auf seinem Notizzettel machen konnte.

Auch heute waren alle üblichen Gäste versammelt. Joe, Kalle und Günther standen an den Tischen verteilt herum. Joe war dabei, seine fünfte Flasche Bier zu trinken. Kalle und Günther waren schon etwas länger hier. Auch lagen vor ihnen schon sechs kleine Schnapsfläschchen auf dem Tisch.

„Ehrlich", meinte Kalle, „wenn nicht nächste Woche wieder die Kohle vom Amt, käme, ich wüsste nicht, wovon ich hier mein Bier kaufen sollte."

„Was machst du eigentlich mit dem ganzen Schotter? Deine Gammelbude kostet doch nix und du hast nicht mal ‚ne Alte, für die du was abdrücken musst", wunderte sich Joe.

„Schon, aber ich war vorgestern bei Gabi. Ich hatte so dicke Eier, dass ich's nicht mehr ohne ausgehalten habe."

Gabi hatte ihren mit roten Herzaufklebern geschmückten Wohnwagen zwei Straßen weiter geparkt. Zu ihr kamen regelmäßig fast alle männlichen Besucher des Arbeitsamtes, wenn sie genügend Geld für ein paar Zärtlichkeiten übrig hatten.

„Bei Gabi? Und, hat es sich wenigstens gelohnt?" fragte Joe neugierig.

„Das war der absolute Hammer. Du kannst dir gar nicht vorstellen, wie geil die Alte lutschen kann. Erst hat sie mir stundenlang die Eier von oben bis unten abgeleckt. Und dann hat sie sich meinen Schwanz so tief in den Hals gesaugt, dass ich gedacht habe, sie erstickt daran."

„Und dann hat sie geschluckt?"

„Als ich fast schon gekommen bin, hat Gabi meinen Schwanz wieder ausgespuckt und ich habe sie dann noch kurz durchgerammelt und ihr die Möse vollgespritzt.
Für einen Fünfziger kriegt man da echt das volle Programm..."

„Ganz schön teuer auf Dauer..." meinte Tommi, der interessiert zugehört hatte.

„Jetzt tu' doch nicht so. Du hast Gabi doch auch schon ein paar mal gevögelt. Ich hab' dich doch gesehen, wie du in den Wohnwagen gegangen bist" erwiderte Kalle. Er fühlte sich angegriffen.

„Schon, aber früher hat sie auch nur einen Zwanziger genommen fürs Ficken."

„Wird halt alles teuerer. Du nimmst ja auch schon zwei fünfzig für eine Pulle Bier" motzte Günther Tommi an.

„Guten Abend, die Herren", hörten sie da mitten in dieser anspruchsvollen Diskussion eine weibliche Stimme hinter sich rufen. Die Männer drehten sich um. Dort stand eine attraktive Frau. Sie war etwa 40 Jahre alt, hatte lange brünette Haare, die sie mit einer Spange hinter dem Kopf gebündelt hatte und trug ein edles Kostüm aus dunkelblauem Stoff.

„Könnten Sie mir mit etwas Kleingeld aushelfen? Ich habe meine Handtasche vergessen und müsste mir ein Taxi rufen" fragte sie ganz ruhig.

Zunächst kam keine Antwort. Die angetrunkenen Männer waren es nicht gewohnt, hier von einer Frau angesprochen zu werden und schon gar nicht von so einer hübschen.

Dann nahm Joe allen Mut zusammen und erwiderte: „Was kriegen wir denn dafür? Zu verschenken hat schließlich keiner etwas…"

Die Frau kam näher und schaute sich die angetrunkenen Männer in aller Ruhe von oben bis unten an. Der Anblick der etwas verwahrlost wirkenden Kerle schien sie nicht sonderlich abzuschrecken.

„Jeder, der mir zehn Euro gibt, darf mich ficken."

Joe, Kalle und Tommi hielten diese Aussage für einen Scherz und begannen lauthals zu lachen. Nur Günther fischte aus seiner Jackentasche zwei Fünf-Euro-Scheine und hielt sie ihr hastig hin.

Sie griff schnell zu und stopfte die Scheine in die Tasche ihres Kostüms . „Ich bin Nadine. Wie heißt du?"

„Günther" stotterte er nervös zurück.

Nadine nahm ihn einfach an der Hand und zog ihn sanft hinter sich her in den Innenraum m von Tommis Bierbude. Dann zog sie die Tür zu. Dass aber das Verkaufsfenster geöffnet war und die drei anderen Männer neugierig zuschauten, schien sie überhaupt nicht zu stören.

Nadine schob mit ihren schwarzen High Heels einfach zwei leere Bierkisten und einen Putzeimer zur Seite, legte sich mit dem Rücken auf den schmutzigen PVC-Boden und zog ihren schwarzen Slip aus.

Dann spreizte sie die schlanken Beine, so dass der völlig überforderte Günther tief in ihre glatt rasierte Vagina sehen konnte.

„Komm schon, Günther. Leck' mich" forderte sie ihn ungeduldig auf.

Das ließ Günther sich nicht zweimal sagen. Er machte geradezu einen Kopfsprung unter Nadines Rock und begann sofort damit, mit seiner Zungenspitze gierig über Nadines Schamlippen zu schlecken.
Zunächst ließ er die Zunge abwechselnd über die Schamlippen und begann dann vorsichtig in kreisenden Bewegungen, ihre Klitoris zu umspielen.

Nadine begann, leise vor Lust zu stöhnen. Ihre Schamlippen wurden immer nasser und glänzten im flackernden Licht der Energiesparlampe, die im Lagerraum von Tommis Bierbude in einer nackten Fassung von der Decke herunter hing.

Günther genoss den Duft und den Geschmack auf seiner Zunge. Er war inzwischen so stark erregt, dass er unbedingt mehr wollte. Also versuchte er, seine Zunge so tief wie möglich in Nadines Vagina zu bohren.

Er spürte, wie ihre Knie zu zittern begannen. Er begann, mit seiner Zunge zuzustoßen und rammte sie immer wieder tief zwischen die Schamlippen.

Nadine legte nun beide Hände hinter Günthers Kopf und drückte so sein Gesicht noch fester in ihren Intimbereich, damit er bloß nicht aufhörte.

Günther schleckte sich jetzt wieder in Richtung Klitoris vorwärts und machte somit im Bereich um Nadines Schamlippen genug Platz, um Nadine dort endlich mit seinen Händen zu liebkosen.

Er begann, mit seinen Fingerspitzen über die Schamlippen zu streicheln und fing nach kurzer Zeit an, seinen Zeigefinger in Nadines Vagina zu bohren. Günther genoss das warme und nasse Gefühl. Da Nadines erregtes Stöhnen inzwischen immer lauter und schneller wurde, ging er davon aus, dass ihr sie die Situation gefiel. Daher schob er seinen Mittelfinger neben den Zeigefinger und stieß beide Finger so tief er konnte in die hübsche junge Frau, die sich auf dem Rücken liegend genüsslich auf dem Boden wand.

„Jetzt fick' mich endlich" forderte sie gierig.

Günther hatte die ganze Zeit gierig auf diese Aufforderung gewartet. Blitzschnell hatte er seine Jeanshose und Unterhose runter gezogen, kniete sich zwischen die Beine der wartenden Nadine und schob, ohne weitere Zeit zu verschwenden, seinen harten Penis in die klitschnasse Vagina. Günther schob ihn so tief wie möglich in seine willige Sexpartnerin hinein.

Er stieß immer wieder und immer schneller zu. Dabei stützte er sich mit seinem linken Arm auf dem Boden ab. Mit der rechten Hand schob er Nadines weiße Bluse und den darunter befindlichen schwarzen Spitzen-BH hoch, so dass ihre schön geformten Brüste darunter hervorsprangen. Die Brustwarzen waren vor Erregung schon ganz hart geworden. Günther griff einfach zu und knetete abwechselnd zunächst die linke und danach die rechte Brust durch.

Nach ein paar weiteren harten Stößen mit seinem steifen Glied konnte er seinen Höhepunkt nicht mehr länger hinauszögern. Hastig stand er auf und bewegte nun immer schneller werdend seine Vorhaut mit der Hand vor und zurück.

„Spritz mich endlich voll" forderte Nadine. Sie konnte es auch nicht mehr erwarten, seinen weißen Saft auf ihrem Körper zu spüren. Unruhig lag sie vor dem onanierenden Günther auf dem Boden und streichelte selbst ihre Klitoris.

„Ich komme" kündigte Günther atemlos seinen Höhepunkt an. Dann spritze sein Samen in großen Fontänen aus seiner Eichel und landete auf Nadines Schamlippen, auf ihrem Bauch, ihren Brüsten. Auch landeten einige Tropfen auf ihrer Bluse, in ihrem Gesicht und in ihren Haaren.

Günther onanierte weiter, bis auch der letzte Tropfen Sperma aus seinem Penis getropft war.

Nadine setzt sich nun hin, wischte sich mit der Hand einige Spermatropfen von ihren Augen und schleckte sie ab. Dann griff sie fordernd nach Günthers Hoden und zog so unnachgiebig daran, dass Günther nicht übrig blieb, als ihrer ziehenden Hand zu folgen, bis sich sein inzwischen etwas weich gewordenes Glied direkt vor Nadines Gesicht befand.

Nadine kraulte zärtlich seinen Hodensack, schob die Vorhaut zurück und begann hemmungslos, über seine spermaverschmierte Eichel zu lecken. Als sie die Eichel komplett mit der Zunge gesäubert hatte, schob sie sich den gesamten Penis in den Mund und begann gierig zu saugen.

„Bei uns ist bestimmt mehr zu holen…" sagte eine Stimme im Hintergrund. Nadine spuckte erschrocken Günthers Penis aus und schaute nach hinten.

Direkt hinter ihr standen Tommi, Kalle und Joe. Alle drei hatten die Hosen geöffnet und es ragten drei harte, erregte Glieder aus diesen Hosen heraus.

Tommi legte einen Zehn-Euro-Schein auf ein Regalbrett. Es folgten zwei weitere Geldscheine, die auch auf dem Regalbrett landeten, denn auch Kalle und Joe wollten nun nicht länger tatenlos zusehen.

Nadine zögerte nicht lang. Sie schob sich sofort Joes Penis, der für Nadine auf den ersten Blick einfach am größten und verlockendsten wirkte, gierig in den Mund und begann zu lutschen und zu saugen. Mit der linken Hand griff sie nach Tommis und mit der rechten nach Kalles Glied und begann, die Männer mit geschickten Bewegungen zu befriedigen.

Joe schaute an seinem Körper herunter. Nadine, die vor ihm auf dem Boden kniete, saugte und schleckte so gierig an seinem Geschlechtsteil herum, dass er sich wie im Himmel fühlte.
Er griff einfach mit beiden Händen in ihr offenes, teilweise mit Günthers Samen bekleckertes Haar, hielt ihren Kopf fest und begann, mit seinem harten, nass gelutschten Penis in Nadines Mundhöhle zu stoßen. Er fing zunächst mit zärtlichen langsamen Bewegungen an, rammelte dann aber immer schneller und fester los. Dabei schob er sein Glied so tief in den Rachen der sexgierigen reifen Frau, dass sie kaum noch Luft bekam und nach kurzer Zeit begann, zu würgen und zu husten.
Joe ließ sich davon nicht beeindrucken. Er stieß rücksichtslos weiter mit seinem harten Glied zu, bis er zum Höhepunkt kam. Er hielt ihren Kopf fest an seine Leisten gepresst und spritze seinen kompletten Samen in den Hals der hilflosen, aber gleichzeitig unglaublich erregten Nadine.

Sie versuchte, diese enorme Samenmenge, die ihr den Rachen geradezu verstopfte, herunter zu schlucken, aber es war einfach zu viel. Sie würgte und spuckte.

Erst jetzt ließ Joe von ihr ab und zog seinen immer noch harten und verschmierten Penis aus ihrem Mund.

Der weiße, glänzende Schleim lief zwischen ihren Lippen hervor, am Kinn herunter bis über die Brüste.

Nadine schluckte mehrmals, um endlich den Mund wieder frei zu bekommen. Dann widmete sie sich wieder Joes schmierigem Glied. Sie leckte gierig jeden einzelnen Samentropfen vom gesamten Penis und von den Hoden, die sie nach Beendigung der Reinigungsmaßnahme weiter mit ihrer Zungenspitze massierte.

Joe war zwar am Ende seiner Potenz angelangt, aber das Gefühl, von Nadines Zunge verwöhnt zu werden, gefiel ihm so gut, dass er einfach vor ihr stehen blieb und sich nicht rührte.

Tommi, dessen Glied sich immer noch in Nadines linker Hand befand, mit der sie rhytmisch seine Vorhaut vor und zurück schob, war durch diese

Bewegung inzwischen so geil geworden, dass er mehr wollte. Er trat einen Schritt zurück, so dass Nadine seinen Penis nicht mehr zu fassen bekam, was ihr aber nicht viel machte, denn sie war ja noch immer gleichzeitig dabei, Joes Hodensack zu lutschen und spielte mit ihrer rechten Hand an Kalles inzwischen auch hart gewordenem Penis herum.

Nun nutzte sie ihre gerade wieder frei gewordene Hand, um selbst an ihrer Klitoris herumzuspielen.

Tommi stand nun vor einem alten Holztisch, auf dem er die Zigarettenvorräte seiner Trinkhalle lagerte. Mit einer entschlossenen Armbewegung fegte er alle Zigarettenstangen zur Seite. Sie fielen auf den Boden und der Tisch war jetzt frei.

„Los, legt mir die Schlampe mal auf den Tisch, ich will sie in den Arsch ficken" forderte er seine beschäftigten Kunden auf.

Kalle, Joe und Günther waren sofort bereit, mitzuhelfen. Aber sie mussten Nadine gar nicht zum Tisch zerren.

Sie schien selbst großen Gefallen an Tommis Idee gefunden zu haben, denn sie spuckte sofort Joes

Hodensack aus und ließ auch Kalles Penis einfach los. Dann sprang sie auf, legte sich ohne zu zögern mit bauchwärts auf die Tischplatte und streckte Tommi aufreizend ihr Hinterteil entgegen.

„Na los, knall mir richtig in die Rosette und hör bloß nicht auf, bis du mir den Arsch richtig voll gespritzt hast."

Nadines fordernde Art machte Tommi zwar etwas Angst, aber jetzt wollte er sich natürlich vor seinen Freunden nicht lächerlich machen. Also stellte er sich hinter die vor Erregung zitternde, halbnackte Schönheit, die jetzt schon von oben bis unten mit Sperma voll gekleckert war, drückte ihr die Oberschenkel weiter auseinander und fuhr mit seiner Hand noch einmal über ihre inzwischen völlig mit schleimigen Flüssigkeiten bedeckt war. Dann rieb er mit diesem Schleim sorgfältig Nadines Rosette ein und schob danach langsam sein hartes Glied in ihr kleines, feuchtes Poloch.
Tommi hatte eigentlich Angst davor gehabt, dass ihr Po viel zu eng und nicht rutschig genug war und er daher große Schwierigkeiten haben würde, seinen Penis einzuführen, aber durch seinen

schleimigen Trick war Nadines Po so angenehm glitschig nass, dass Tommi nur so hinein flutschte.

Nadine schrie vor Wollust laut auf. Jetzt gab es für Tommi kein Halten mehr. Er stieß sein hartes Glied immer und immer wieder so tief in den Darm der zappelnden jungen Frau.

Aber schon nach kurzer Zeit verstummten Nadines Lustschreie, denn auch Kalle, der gerade kurz vor seinem Orgasmus einfach mit seinem steifen Glied stehen gelassen wurde, wollte nun wieder etwas Aufmerksamkeit für sich. Also schob er ohne lange Diskussionen seinen Penis einfach in den Mund des lüsternen Mädchens, da sich ihr Gesicht genau auf der Höhe von Kalles Geschlechtsteilen befand.

Sofort begann sie zu saugen und zu lutschen.

Nun rammten Tommi und Kalle immer abwechselnd ihre steifen Glieder in die überglückliche Nadine.

Auch Günther hatte sich inzwischen erholt. Er hatte inzwischen eine längere Zeit dem lustvollen Treiben der anderen zugesehen und der Anblick hatte in so stark erregt, dass er inzwischen wieder einen großen und harten Penis hatte.

Also suchte er sich einen freien Platz am Tisch, auf dem Janina gerade gleichzeitig von Kalle und Tommi bearbeitet wurde und begann oberhalb des Kopfes der experimentierfreudigen Frau, seine Vorhaut vor und zurück zu schieben.

Tommi hörte unerwartet damit auf, zuzustoßen. Er schaute zufrieden auf die vor ihm liegende Nadine und zog langsam seinen etwas weicher gewordenen Penis aus ihrer Rosette. Kurz danach floss eine größere Menge Sperma aus Nadines Poloch, lief an ihren Leisten entlang über ihre Schamlippen und tropfte dann auf den schmutzigen Boden.

Kalle und Günther kamen gleichzeitig. Während Kalle etwas zuckte und dann sein Glied aus Nadines gierigem Mund zurückzog, spritzte Günther seine zweite Ladung Sperma über die Stirn und die Haare der sexhungrigen Frau, die nun wirklich komplett mit Samenpfützen bedeckt war.

Während die zufriedenen Männer ihre Hosen hochzogen und schlossen, rutschte Nadine an der Tischkante herunter und setzte sich breitbeinig auf den Boden. Dann begann sie, mit der Hand die Spermatropfen vom Körper zu wischen und leckte sich dabei immer wieder langsam und genüsslich den zusammengekratzten Samen von den Fingern.

Interessanter Opernbesuch

Frank schüttete den Inhalt des Grasfangkorbs in die Sammeltonne für Grünabfälle. Dann hängte er den Fangkorb wieder in den Rasenmäher ein. Er startete den Mäher mit einem kräftigen Zug an der Startleine und schob ihn danach wieder vor sich her.

Der gepflegte Rasen des Anwesens war riesig und Frank würde bestimmt noch zwei Stunden brauchen, um mit den Mäharbeiten fertig zu werden. Die Sonne stand hoch oben am blauen, wolkenlosen Himmel und das T-Shirt war schon völlig nass geschwitzt.

Frank fragte sich gerade zum wiederholten Mal, warum man keinen großen Aufsitzrasenmäher besitzt, wenn man so ein riesiges teures Haus mit einem noch viel riesigeren Grundstück besitzt und mit Sicherheit genug Geld für gute Gartengeräte vorhanden wäre.

Frank hatte heute aber seinen ersten Tag als Gärtner des Ehepaars Schneider und er würde seine neue Anstellung bestimmt nicht durch das Stellen unverschämter Fragen gefährden. Also schob er den Rasenmäher einfach weiter.

Nachdem er etwa weitere 150 Quadratmeter des Rasens gekürzt hatte, begann der Benzinmotor des lauten Gartengeräts zu husten und blieb kurz danach stehen.

Frank seufzte, ließ den Mäher stehen und ging zurück zum Haus, um aus der daneben befindlichen Doppelgarage, in der nicht nur die hochwertigen Fahrzeuge, sondern auch alle Gartengeräte nebst Zubehör untergebracht wurden, den Benzinkanister zu holen. Als Frank endlich vor dem offenen Rolltor der Garage stand, stellte er fest, dass keine Fahrzeuge da waren. Also waren seine Arbeitgeber offenbar beide unterwegs.

Frank nahm sich den halbvollen Benzinkanister aus dem Regal und wollte gerade wieder zurück zum Rasenmäher gehen, als er ein Motorengeräusch hörte. Dann fuhr das rote Cabriolet von Monika Schneider durch das Tor in die Garage Monika stieg aus.

In dieser Situation starrte Frank sie beinahe fassungslos an. Er hatte sich bisher nur mit Martin Schneider unterhalten und dessen Ehefrau nie aus der Nähe gesehen.

Aber nun stand er ihr in der Garage direkt gegenüber und sie sah einfach unglaublich schön aus.

Monika Schneider war 45 Jahre alt und hatte feuerrote, lange Haare, die sie mit einer Haarnadel zu einem strengen Knoten hinter dem Kopf zusammengesteckt hatte. Das grüne Kostüm mit dem knielangen Rock unterstrich ihre schlanke Figur, brachte aber auch ihre weiblichen Kurven mit der rundlichen Hüfte und den offenbar üppigen Brüsten toll zur Geltung.

Sie schaute Frank überrascht und fragend an. Offenbar hatte auch sie nicht damit gerechnet, hier in der Garage jemanden zu treffen.

„Guten Tag, Frau Schneider", stammelte er schüchtern.

„Ach ja, Sie sind der neue Gärtner" stellte Monika nüchtern fest. „Wie war noch mal Ihr Name?"

„Frank Kiesbach heiße ich. Ich habe mir nur Benzin für den Rasenmäher geholt. Ich mache dann jetzt mal weiter...."

Monika fand seine schüchterne und etwas ängstliche Art scheinbar recht amüsant, da sie spöttisch zu lächeln begann.

„Immer mit der Ruhe. Ich will mich jetzt bei dem schönen Wetter erst mal in Ruhe auf die Terrasse setzten. Sie wollen mir doch jetzt nicht etwa stundenlang mit diesem lauten Mistding auf den Keks gehen wollen, oder?"

„Natürlich nicht. Ich wäre aber auch in zwanzig Minuten damit fertig...."

„Sie wollen mich wirklich ärgern, oder?" fragte Monika neugierig.

„Nein, Frau Schneider, auf keinen Fall. Dann schneide ich halt erstmal die Rosen etwas nach und mähe später weiter."

„Jetzt ist aber mal Schluss mit dem Stress. Martin schmeißt Sie schon nicht sofort raus, wenn der Rasen erst morgen fertig wird. Trinken Sie einen Kaffee mit mir, Herr Kiesbach?"

Frank wusste nicht, was er sagen sollte. Natürlich würde er gern mit dieser wunderschönen Frau einen Kaffee trinken. Es gab auch noch viele andere Sachen, die er gern mit ihr machen würde.

Aber er hatte sich schon so lange mit irgendwelchen schlecht bezahlten Hilfsarbeiterjobs durchgeschlagen, dass er unheimlich glücklich war, als Martin Schneider ihm die Zusage für die Festeinstellung als Gärtner gab. Hier bekam er jetzt ein festes Gehalt und war komplett versichert.

Diese Chance wollte er sich auf keinen Fall damit versauen, dass er kaffee-trinkend bei der Ehefrau seines neuen Chefs saß, statt sich um seine Aufgaben zu kümmern.

Aber wenn er Monika Schneiders Angebot ablehnen würde, wäre er auch unhöflich.

„Ok, ein Tässchen würde ich vielleicht kurz mittrinken. Aber dann muss ich natürlich weitermachen..."

„Na also, dann setzen Sie sich schon mal auf die Terrasse. Ich bringe den Kaffee sofort raus" sagte sie freundlich, aber mit einem etwas spöttischen Unterton.

Dann verschwand sie im Haus.

Frank zuckte die Achseln und trottete zur Terrasse. Dort setzte er sich auf einen der schweren Tropenholzstühle und wartete auf Monika Schneider.

Die ließ sich allerdings Zeit und war für längere Zeit nirgends zu sehen.

Frank schaute auf den Garten und kam zu dem Schluss, dass er mit dem Mähen des Rasens eigentlich schon ziemlich weit gekommen war. Es fehlten nur noch ein paar Quadratmeter bis zum Gartenzaun. Vermutlich würde er nur noch ein paar Minuten brauchen, um diese Arbeit fertig zu stellen.

Fast 30 Minuten später kam Monika mit einem Tablett aus dem Haus. Sie hatte sich inzwischen umgezogen und sah noch umwerfender aus.

Ihre rote Haarmähne ließ sie einfach offen fallen. Sie trug eine helle, weite Stoffhose und ein braunes Top.

Sie stellte vor Frank eine Tasse Kaffee auf den Teak-Holz-Tisch und deutete mit einer Handbewegung an, dass er sich Milch und Zucker nach Belieben vom Tablett nehmen könne.

Er griff sich die Tasse aber einfach so, wie sie war und schlürfte den Kaffee schwarz. Bei sich zu Hause trank er nur ziemlich mittelmäßigen Kaffee aus einer Pad-Maschine. Aber dieser Kaffee hier hatte eine ganz andere Qualität. Er war sehr aromatisch und stark.

Monika führte ebenfalls ihre Tasse an die sinnlichen, dezent geschminkten Lippen. Dann brach sie das Schweigen.

„Wissen Sie, Herr Kiesbach, mein Tag war bis jetzt echt beschissen.

Mein Mann hatte für heute Abend Karten für die Oper besorgt. Aber jetzt lässt er sich den ganzen Tag nicht blicken und verkriecht sich irgendwo in der Firma in seinem Büro. Und dann rief er mich vor zehn Minuten an und sagte mir, dass er zu viel zu tun hat und gar nicht mit mir in die Oper kommen kann..."

„Oh, das tut mir leid Frau Schneider" sagte Frank bedauernd und fragte sich gleichzeitig, warum sie so etwas mit ihrem neuen Gärtner besprach.

Dann schaute ihn Monika Schneider von oben bis unten prüfend an und fragte ihn dann in einer Art Befehlston: „Herr Kiesbach, haben Sie nicht zufällig heute Abend Zeit, mich in die Vorstellung zu begleiten?"

Frank war zunächst völlig sprachlos. Hatte sie ihn das wirklich gefragt? Wenn sie das wirklich wollte, würde er nicht ablehnen können. Sein neuer Arbeitsplatz war ihm viel zu wichtig. Auch gefiel ihm Monika so gut, dass er wirklich gern mehr Zeit mit ihr verbringen würde.

„Wissen Sie, Frau Schneider, das ist wirklich ein tolles Angebot. Aber ich verstehe gar nichts von Opern...."

„So ein Quatsch. Wir setzen uns da hin und hören es uns einfach an. Das ist wirklich nicht besonders kompliziert."

„…Und ich habe wohl auch nicht die richtige Garderobe für so eine Veranstaltung" führte Frank seinen Entschuldigungsversuch fort.

Monika schaute ihn erneut genau an. „Mit den Klamotten könne Sie natürlich nicht mitkommen. Aber Sie sind ungefähr so groß wie Martin. Ich suche ihnen eben einen Anzug mit Hemd von ihm raus."

Frank seufzte. Jetzt fiel ihm keine Ausrede mehr ein. Er nickte also etwas hilflos.

Monika stand entschlossen auf, ging zum Haus und kam nach kurzer Zeit mit einem Kleiderbügel zurück, auf dem ein dunkles, teuer wirkender Anzug hing. Frank nahm den Bügel entgegen und betrachtete die Zusammenstellung etwas genauer. Auch ein Hemd und eine Krawatte befanden sich unter dem Oberteil.

„So, Herr Kiesbach, jetzt fahren Sie mal nach Hause und machen sich schick. Und dann holen Sie mich bitte um halb acht hier ab."

„Ja, ist ok. Aber ich muss eben noch den Rasen zu Ende mähen."

Sie spinnen ja wohl. Das können Sie auch Morgen machen. Jetzt haben Sie einen andere Auftrag, der genauso zu Ihrem Job gehört wie der Scheiss-Rasen."

Frank wurde nachdenklich. Er war sich nicht sicher, ob sie das wirklich so gemeint hatte. Aber er verabschiedete sich höflich und stieg in seinen alten, klapprigen Wagen. Dann fuhr er nach Hause und sprang unter die Dusche.

Pünktlich um 19:30 Uhr parkte er vor dem Haus der Schneiders. Er hatte sich das Auto eines Freundes geliehen. Dieser Wagen war etwas besser in Schuss als sein eigenes Gefährt. Es währe ihm zu peinlich gewesen, Monika in seine gammelige Rostlaube einsteigen zu lassen. Frank stieg aus und klingelte an der Haustür. Nach kurzer Zeit öffnete Monika. Sie trug ein langes, schulterfreies Abendkleid.

„Guten Abend, Frau Schneider. Sie sehen toll aus."

„Danke. Aber Ihnen steht der Anzug auch gut" erwiderte sie geschmeichelt.

Frank öffnete die Beifahrertür des Wagens und ließ sie einsteigen. Dann fuhren sie ins Zentrum der Stadt, ohne dabei auch nur ein Wort zu wechseln. Frank parkte in der modernen Tiefgarage des Opernhauses. Hier war er noch nie gewesen, aber alles war so hell beleuchtet und gut ausgeschildert, dass er sich problemlos zurechtfand.
Die beiden stiegen in den Lift, der sich kurz darauf in der Eingangshalle des Opernhauses wieder öffnete. Monika hielt dem Platzanweiser wortlos die zwei Tickets hin. Der Mann führte sie dann die große, mit rotem Teppich gepolsterte Treppe hinauf und öffnete ihnen dann eine von vielen mit goldener Farbe verzierten Türen. Monika bedankte sich und gab ihm einen Zwanzig-Euro-Schein als Trinkgeld.

Dann ging sie mit Frank durch die Tür und sie befanden sich in einem kleinen Logenraum. Die beiden waren hier ganz allein und saßen auf einer Art Balkon, der einen hervorragenden Blick auf die Bühne bot.

Frank begann sich zu fragen, wie teuer die beiden Tickets wohl gewesen sein mögen, aber er traute sich auch nicht, Monika eine solche Frage zu stellen.

Sie warteten, bis die Vorstellung begann. Eine etwas mollige Frau stand auf der Bühne und sang mit einer sehr hohen und für Franks Ohren eigentlich viel zu schrillen Stimme Texte in einer Fremdsprache, die er nicht verstand. Er vermutete, dass es Italienisch war.

Aber auch Monika interessierte sich nicht für den Gesang auf der Bühne. Sie rutschte sehr nah an Frank heran und begann dann wortlos und ohne jede Ankündigung, mit ihrer Hand in seinen Schritt zu fassen.

Frank war erschrocken und völlig überfordert. Damit hatte er nicht gerechnet. Aber da er Angst um seinen neuen Arbeitsplatz hatte und sich eigentlich auch nichts Schöneres vorstellen konnte, als von einer so hübschen Frau verwöhnt zu werden, ließ er sie einfach weiter machen.

Und das tat sie auch. Sie öffnete den Reißverschluss seiner Hose, griff in seinen Slip und angelte bestimmt und geschickt sein schon leicht angeschwollenes Glied aus der Hose. Dann begann sie langsam, Franks Vorhaut vor und zurück zu schieben, bis der Penis immer größer und härter wurde.

Dann rutschte Monika von ihrem Sitzplatz und kniete sich vor Frank auf den Boden. Sie griff unter seinem Glied noch einmal durch den geöffneten Reißverschluss und zog vorsichtig auch den Hodensack aus der Hose. Danach begann sie, zärtlich mit der Zungenspitze über die Hoden zu streicheln. Sie erforschte nun mit ihrer Zunge jede einzelne Hautfalte des Hodenbeutels.

Frank genoss Monikas Leckaktivitäten und ließ sie einfach weitermachen. Er spreizte die Oberschenkel noch etwas weiter, damit die gierige Frau seinen Intimbereich besser erreichen konnte.

Monika ließ nun von seinen Hoden ab. Sie schob noch einmal seine Vorhaut ganz zurück und legte so seine Eichel frei. Auf der Spitze befand sich bereits ein kleiner Tropfen Flüssigkeit, da Frank durch die bisherige Behandlung bereits stark erregt war.

Monika blickte ihm kurz ins Gesicht und lächelte zufrieden. Dann drückte sie einen schlürfenden Kuss auf seine Eichel und der Tropfen war verschwunden.

Sie spuckte auf das harte Glied und verrieb mit beiden Händen ihren Speichel, bis der ganze Penis nass glänzte. Der Anblick von Monikas geschickten Händen mit den rot lackierten Fingernägeln brachte den jungen Mann fast um den Verstand.

Die reife Frau öffnete nun ihre rot geschminkten Lippen und schob langsam und genüsslich das komplette Glied in ihren Mund. Da Franks Penis recht groß war, wunderte er sich sehr darüber, dass sie wirklich das komplette Organ bis zu seinen Leisten in ihrem Kopf verschwinden ließ. Seine Eichel musste sich bis tief in ihren Rachen bohren.

Monika lutschte und saugte gierig, aber zärtlich. Sie gab den Penis immer ein paar Zentimeter frei und schob ihn dann wieder komplett in ihren Mund.

Frank schaute ihr begeistert dabei zu.

Den Anblick dieser erotischen Frau, die ihn gerade oral so intensiv verwöhnte, würde er wohl nie wieder vergessen. Auch wurde er geradezu magisch von ihrem tiefen Ausschnitt angezogen. Er konnte nun nicht mehr anders als zuzugreifen. Er schob langsam beide Hände von oben in Monikas Kleid und stelle fest, dass sie darunter gar keinen BH trug. Er konnte ohne kompliziertes Gefummel direkt in ihre großen weichen Brüste greifen und begann sofort, diese mit beiden Händen zu massieren.

Frank spürte, wie ihre Brustwarzen immer härter wurden und verspürt nun den unbändigen Drang, den kompletten Busen zu sehen. Kurz entschlossen riss er daher das Kleid nach unten und hoffte, dabei keinen Schaden am Stoff zu verursachen. Es funktionierte. Die großen, aber trotzdem noch recht festen Brüste der Opernliebhaberin lagen nun komplett frei und es war auch kein Geräusch von zerreißendem Stoff zu hören gewesen. Der junge Mann griff nun hemmungslos zu und knetete beide Brüste mit seinen Händen durch.

Nach kurzer Zeit ließ Monika dann den großen nassen Penis wieder aus ihrem Mund herausrutschen. Sie stand auf und hob ihr Kleid bis zur Hüfte an. Frank sah, dass sich darunter überhaupt kein Höschen befand. Die Vagina war bis auf einen schmalen roten Streifen feiner gelockter Schamhaare sorgfältig rasiert. Die Schamlippen glänzten vor Nässe. In Frank kam sofort der Wunsch auf, seine Zunge in diese nasse Höhle eintauchen zu lassen, aber er kam nicht dazu.

Ohne weitere Zeit zu verschwenden setzte sich Monika nun einfach so schwungvoll auf seinen steifen Penis, dass dieser sofort zwischen ihre nassen Schamlippen flutschte und tief in der Vagina verschwand. Das Gefühl war unheimlich warm und nass und Frank genoss es sehr. Anschließend drückte die reife Frau dem jungen Mann ihre nackten Brüste ins Gesicht und begann, auf seinem Schoß zu reiten. Zunächst bewegte sie sich langsam und zärtlich, wurde aber schon nach kurzer Zeit immer schneller und gieriger. Frank lutschte abwechselnd an beiden Brustwarzen und unterstützte Monika im Takt ihrer Reitbewegungen durch kräftige Stöße mit seiner Hüfte.

Nach einer Weile konnte Frank sich nicht mehr zurück halten. Sein ganzer Körper begann zu zucken. Aus seiner Eichel spritzte eine große Menge Sperma in Monikas Lusthöhle.
Monika blieb noch eine längere Zeit auf dem langsam wieder weicher werdenden Glied sitzen. Frank knetete und küsste dabei ausführlich ihre Brüste.

Dann stand sie auf. Der Samen quoll zwischen ihren Schamlippen hervor und begann, an ihren Oberschenkeln herunter zu fließen.
Monika angelte sich ein paar Papiertaschentücher aus ihrer Handtasche, reinigte damit oberflächlich ihre Vagina und zog danach ihr Abendkleid wieder zu recht. Auch ihre Brüste verpackte sie wieder sorgfältig.
Danach schaute sie Frank zufrieden an, der immer noch mit heraushängendem, spermaverschmiertem Penis auf seinem Stuhl saß.
Sie kniete sich noch einmal vor ihm hin und leckte ihm das Glied und die Hoden ausführlich sauber.
Mit einem weiteren Papiertaschentuch tupfte sie sich anschließend die Spermareste von ihren Mundwinkeln.

Die Beiden verließen das Opernhaus, bevor die Vorstellung zu Ende war. Als sie wieder im Auto saßen, sagte Monika freundlich zu Frank „Auf dem Weg liegt gleich ein kleines Waldstück. Halte da bitte mal an. Dann können wir in Ruhe weitermachen mit den Sauereien."

„Ich bin doch noch völlig fertig. Etwas Pause könnte ich schon gebrauchen, auch wenn es unheimlich geil war...."

Jetzt bekam Monika langsam wieder etwas schlechtere Laune.

„Glaubst du denn wirklich, ich gebe mich damit zufrieden, an so einem Abend nur einmal gevögelt zu werden?
Was glaubst du eigentlich, warum ich den letzten Gärtner rausgeschmissen habe, diesen jämmerlichen Schlappschwanz....

Jetzt fahr da in den Wald und fick' mich noch mal richtig durch. Wenn du nicht mal das hinkriegst, kann ich dich nicht gebrauchen. Rasen mähen kann auch irgend so ein seniler Opa...."

Das war eine deutliche Ansage. Frank steuerte den Wagen also auf einen Waldparkplatz, schaltete die Zündung aus und begann, die Rückenlehnen der Sitze herunterzuklappen.

Sportlich

Zuerst hatte er überlegt, den Wagen zu nehmen. Aber da es sein erster Auftrag für Frau Bachmann war, hatte er doch den Jogginganzug gewählt.

Es war 14:53 Uhr und er hatte nur noch zwei Kilometer vor sich. Für einen so durchtrainierten Mann wie Thorben war das wirklich kein Problem. Er würde pünktlich um 15 Uhr vor ihrem Haus stehen.

Als er um 14:58 Uhr durch das geöffnete Tor in die Hofeinfahrt rannte, war er weder verschwitzt noch außer Atem.

Als Fitnesstrainer konnte er es sich nicht erlauben, irgendwie unsportlich zu wirken.

Thorben hielt vor der großen weißen Haustür mit den goldenen Verzierungen an und schaute sich kurz um.

An diesem Anwesen wirkte absolut alles edel und luxuriös. Die riesige gepflegte Gartenanlage, der hellblaue Pool, der Thorben geradezu anleuchtete und der englische Rasen, in dem nicht ein Maulwurfshügel und auch sonst keine Unebenheit zu finden war, wirkten absolut beeindruckend.

Aber auch die Villa selbst war ein absoluter Traum. Die extravagante Architektur mit den riesigen Glasflächen, die goldenen Verzierungen an wirklich allen Ecken und Enden und auch drei Treppenstufen aus edelstem rotem Marmor, die zur Haustür führten, hinterließen bestimmt bei jedem Besucher einen Eindruck, den er nie wieder vergessen könnte.

Thorben betätigte den Klingelknopf neben dem polierten, goldenen Namensschild, in das der Name „Bachmann" eingraviert war.

Nach ein paar Sekunden hörte er Schritte. Die Tür wurde geöffnet und vor dem Fitnesstrainer stand Frau Bachmann.
Der Anblick dieser Frau verschlug dem Fitnesstrainer fast den Atem. Sie war groß und schlank, hatte aber im Bereich des Beckens und der Brust so ausgeprägte Rundungen aufzuweisen, dass wirklich jedem Mann sofort klar einleuchtete, dass es sich hier um ein ausgesprochen weibliches Wesen handelte.
Frau Bachmann war vermutlich schon Mitte vierzig, aber sie wirkte sehr gepflegt. Die mittelblonden, gelockten Haare trug sie offen, aber sie lagen so perfekt, dass hinter dieser

simpel wirkenden Frisur bestimmt viel Arbeit steckte. Das Gesicht war dezent geschminkt. Der Lippenstift wirkte sehr sinnlich, aber nicht billig. Die Frau trug eine gut sitzende Markenjeans, durch die ihre tolle Figur hervorragend zur Geltung kam. Die dunkelrote Bluse mit dem leichten Ausschnitt stand ihr ebenfalls ausgesprochen gut.

Das gesamte Outfit sah an dieser Frau toll aus, aber es war mit Sicherheit nicht dazu geeignet, Sport zu treiben. Doch genau dafür hatte sie Thorben ja eigentlich herbestellt, oder?

„Herr Winkelmann, Sie sind ja wirklich pünktlich. Kommen Sie doch herein."

„Guten Tag, Frau Bachmann. Gern. Aber wollten wir nicht etwas Sport treiben?"

„Jetzt kommen Sie schon rein. Erst mal trinken wir jetzt einen Kaffee und lernen uns etwas besser kennen.
Keine Angst. Sie bekommen die Zeit ja bezahlt. Schicken Sie mir einfach eine Rechnung und es wird erledigt. Wie wir die Trainingsstunde rumkriegen, müsste Ihnen doch eigentlich egal sein, oder?"

Thorben lächelte und trat ein. Von innen sah das Haus noch teurer aus, als es schon von außen wirkte.
Er folgte seiner Kundin in ihr Wohnzimmer, wo schon zwei Kaffeetassen und eine Thermoskanne auf dem Couchtisch vorbereitet standen.

Frau Bachmann nahm auf einem der hochwertigen Ledersofas Platz. Thorben setzte sich ihr gegenüber in den Sessel. Dann wollt er der Dame doch noch einmal in Erinnerung rufen, warum er hier war:
„Wissen Sie. Natürlich trinke ich gern eine Tasse Kaffee mit Ihnen. Wir kennen uns ja wirklich noch nicht so lange. Aber ich finde, ein kleines Bisschen Sport sollten wir vielleicht trotzdem machen. Sonst habe ich echt ein schlechtes Gewissen."

Frau Bachmann goss Kaffee ein und deutete Thorben mit einer Geste an, dass er sich selbst nach Belieben Milch oder Zucker nehmen sollte.

„Ich glaube, wir müssen hier mal ein paar Sachen klarstellen…

Zuerst mal heiße ich Clarissa und nicht Frau Bachmann. Wie soll ich Sie nennen?"

Er musste lächeln: „Ich heiße Thorben."

„Ok, und das Nächste ist Folgendes: Ich lasse mir doch von Ihnen nicht befehlen, wie wir hier unsere Zeit verbringen. Immerhin werden Sie von mir bezahlt. Also machen Sie gefälligst auch genau dass, was ich möchte. Haben Sie das verstanden, Thorben?" Sie schaute ihn fragend und etwas spöttisch an.

„Natürlich habe ich das verstanden, Clarissa. Was haben Sie denn für heute so alles geplant?"

Clarissa trank einen Schluck Kaffee und schaute Thorben dann von oben bis unten prüfend an.

„Wir werden jetzt erst mal unseren Kaffee trinken. Dafür können wir uns ruhig etwas Zeit lassen. Unser Dienstmädchen macht heute um 15:30 Uhr Feierabend.

Wenn Sie weg ist, haben wir das ganze Haus für uns allein. Dann lernen wir uns erst Mal so richtig gut kennen.

Sie zeigen mir ihren Schwanz und wenn das nicht nur ein kleiner verschrumpelter Wurm ist, vögeln Sie mich so richtig durch.
Wir haben insgesamt eine knappe Stunde Zeit.
Mein Mann kommt etwa um 16:30 Uhr aus seiner Firma nach Hause.
Meistens hat er im Büro schon heimlich seine Sekretärin gefickt. Dann bekommt der Versager zu Hause eh keinen mehr hoch.
Und ich sehe absolut nicht ein, dass ich es mir selbst mit so einem albernen Gummi-Dildo besorgen muss, wenn doch Geld genug da ist für Fitness-Trainer, Masseure und Gärtner."

Thorben konnte noch gar nicht glauben, was er da gerade gehört hatte: „Das meinen Sie doch jetzt nicht im Ernst, oder?"

Clarissa lächelte ihn freundlich an: „Und wenn es doch Ernst gemeint ist? Wäre es denn so schlimm, ein paar Sauereien mit mir zu machen und dafür bezahlt zu werden? Sehe ich wirklich so schrecklich aus? Oder stehen Sie auf Männer?

„Nein, verstehen Sie mich bitte jetzt nicht falsch. Sie sind eine unglaublich attraktive Frau. Ich bin mir sicher, dass sich jeder Mann glücklich

schätzen würde, mit Ihnen ein sexuelles
Abenteuer zu erleben...
Schwul bin ich übrigens auch nicht..."

„Dann verstehe ich die ganze Aufregung nicht.
Wir sind doch beide erwachsen. Außerdem werde
ich mich schon darum kümmern, dass Sie auch auf
Ihre Kosten kommen.
Ich kann mit meiner Zunge ein paar Bewegungen
machen, die haben Sie bei Ihrem Fitness-
Training bestimmt noch nie so gesehen..."

Langsam wurde es Thorben etwas heiß: „Ich kann
das hier Alles einfach noch nicht so glauben. Ich
bin auch verheiratet. Wenn meine Frau das
rausbekommt, bin ich erledigt.

Was passiert denn, wenn Ihr Mann Sie
erwischt?"

Clarissa lachte: „Er wird uns nicht erwischen. Ich
weiß genau, wann er immer nach Hause kommt.
Wenn Marie gleich gegangen ist, schließe ich das
elektrische Schiebetor vor der Einfahrt. Wenn
er dann doch zu früh nach Hause kommt, können
Sie ja schnell nackt in den Kleiderschrank

huschen oder sich unterm Bett verstecken oder so…"

In diesem Augenblick öffnete sich die Wohnzimmertür und das Dienstmädchen kam herein. Sie war etwas 20 Jahre alt und trug eine Uniform, wie Thorben sie bisher nur aus amerikanischen Fernsehsendungen kannte. Sie hatte brünette, lange, Haare, die sie zu einem etwas streng wirkenden Dutt hinterm Kopf zusammengebunden hatte. Sie war ziemlich klein und hatte üppige Kurven. Thorben fand sie ziemlich süß.

„Frau Bachmann, wenn nichts mehr zu erledigen ist, würde ich jetzt für heute Schluss machen…"

„Danke, Marie. Es ist alles ok. Schönen Feierabend noch."

Marie verabschiedete sich und verließ den Raum. Ein paar Minuten später fuhr sie in ihrem roten Kleinwagen durch das Schiebetor und war dann verschwunden. Die Ausfahrt war durch das Wohnzimmerfenster gut einsehbar.

Clarissa stand auf und betätigte einen Drehschalter neben der Tür. Das große Stahltor schloss sich langsam. Der starke Elektromotor, der es antrieb, war wirklich gut hörbar.

Dann schaute sie auffordernd zu Thorben: „Ok, Süßer. Jetzt will ich wissen, was du so kannst…"

Sie stellte sich direkt vor Thorben, der noch immer etwas hilflos im Sessel saß und öffnete langsam ihre Bluse. Dann knöpfte sie die Jeanshose auf und schob langsam den Reißverschluss nach unten.

„Und, Süßer? Schläfst du jetzt im Sessel ein oder besorgst du es mir endlich?"

Jetzt konnte sich Thorben nicht mehr zurückhalten. Diese Frau war einfach zu attraktiv, um sie zu ignorieren.
Er sprang auf, nahm sie in den Arm und presste gierig seine Lippen auf ihre. Sie öffnete sofort ihren Mund und begann, seine Lippen mit ihrer Zungespitze auseinander zu schieben.
Thorben öffnet seinen Mund also auch und spürte sofort, wie ihre Zunge in seine Mundhöhle

schnellte und von innen seine Wangen abtastete.
Thorbens Zunge wurde daraufhin komplett
selbständig. Ohne, dass er es steuern konnte,
wanderte sie langsam in Clarissas Mund und
schleckte darin herum.
Eigentlich wollte Thorben stundenlang so weiter
machen. Es gefiel ihm unheimlich gut, diese
wunderschöne, reife Frau in seinem Armen zu
spüren und zu küssen.

Aber Clarissa wollte mehr als Das. Sie schubste
seine Zunge einfach mit ihrer Zungenspitze aus
ihrem Mund und ging vor ihm auf die Knie. Dann
griff sie mit beiden Händen in seinen Hosenbund
und riss mit einem kräftigen Ruck gleichzeitig
seine Jogginghose und seinen Slip herunter.
Sofort sprang ihr Thorbens steifer Penis
entgegen und blieb direkt vor ihrem Gesicht
waagerecht stehen.

Clarissa grinste zufrieden: „Ich wusste doch,
dass du einen richtig dicken Schwanz in der Hose
hast…"

Dann griff sie das Glied mit einer Hand und
drückte es nach oben. Mit der anderen Hand
umfasste sie nun Thorbens Hodensack und

begann ihn zärtlich zu kraulen. Thorben hatte seinen Intimbereich am Vortag frisch rasiert. Clarissa streichelte zufrieden über die glatte Haut. Dann beugte sie sich vor und begann, Thorbens Hoden langsam mit ihrer Zunge abzutasten. Das Gefühl war so unbeschreiblich schön, dass Thorben fast vor Begeisterung los gestöhnt hätte.

Nach kurzer Zeit öffnete Clarissa ihre Lippen weit und schlürfte den kompletten Hodensack in ihrem Mundraum. Sie saugte zärtlich und ließ weiterhin ihre Zunge über die Hoden tanzen.

Jetzt konnte Thorben ein zufriedenes Stöhnen nicht mehr verhindern.

Wenig später spuckte die erfahrene Frau seine Hoden einfach wieder aus. Stattdessen kümmerte sie sich nun um seinen Penis.
Sie schob die Vorhaut zurück und spuckte auf seine Eichel. Dann schob sie die Vorhaut wieder nach vorn. Ein Teil ihres Speichels tropfte von Thorbens penisspitze auf den edlen Granitboden. Der Rest der Flüssigkeit verteilte sich über seine Eichel und macht die Oberfläche schön glatt.

Jetzt schob Clarissa die Vorhaut mit hoher Geschwindigkeit immer wieder vor und zurück. Thorben begann bereits den Druck in seinen Hoden zu spüren. Lange würde er diese Behandlung nicht ohne Samenerguss aushalten.

„Machen Sie bitte nicht weiter. Sonst spritze ich gleich schon los…"

Clarissa schaute zu ihm hoch und lächelte. Sie nahm seinen Penis kurz in ihren Mund und schob ihn so tief wie möglich hinein. Das Glied war so hart und groß, dass die Eichel fast in ihrem Hals landete.
Dann zog sie ihren Kopf zurück und gab Thorbens Geschlechtsteil wieder frei.

„Wenn wir hier schon Sauereien machen, wirst du mich gefälligst duzen. Und wenn du es wagst, mir jetzt schon ins Gesicht zu spritzen, kann ich dich nicht gebrauchen. Ich will es schließlich auch richtig besorgt bekommen."

Das hatte Thorben verstanden. Bisher war er selbst wirklich recht untätig gewesen. Das wollte er nun aber ändern.

Er griff unter Clarissas Achseln und zog die Frau einfach nach oben. Als sie nun wieder vor ihm stand, schob er ihre bereits aufgeknöpfte Bluse auseinander. Der BH darunter war rot mit schwarzer Spitze und wirkte edel. Aber er war im Weg. Thorben umfasste ihre Brust mit beiden Armen und begann, den Verschluss des Büstenhalters zu öffnen. Es war etwas kniffelig, aber nach ein paar Sekunden hatte er es geschafft, die kleinen Haken aus den Metallschlaufen zu ziehen. Er riss gierig die Bluse herunter und zog den BH nach vorn, bis die Träger von Clarissas Schultern fielen. Nun stand sie mit nacktem Oberkörper vor ihm.

Der Anblick verschlug ihm den Atem. Ihre Brüste waren groß und schön geformt. Sie wirkten aber natürlich und waren vermutlich nicht mit Silikon gefüllt, Gierig griff er mit beiden Händen zu. Nun hatte er in jeder Hand eine warme, weiche Brust. Seine Hände waren groß, aber diese üppigen Busen bekam er nicht komplett hinein. Er streichelte und knetete über die glatte Haut. Dann beugte er sich vor und begann, Clarissas rechte Brustwarze zunächst mit der Zungenspitze zu umkreisen. Dann umfasste er den Nippel mit seinen Lippen und saugte vorsichtig daran.

Clarissa schien mit dieser Behandlung sehr zufrieden zu sein. Sie griff mit der linken Hand hinter seinen Kopf und zog ihn fester an ihre Brust heran. Mit der rechten Hand fasste sie wieder zwischen seine Beine und kraulte seine Hoden.

Dann hörte er ihre flüsternde Stimme in seinem linken Ohr: „Los, leck mir endlich die Muschi."

Mit seiner Zungenspitze schubste Thorben zärtlich und vorsichtig ihre Brustwarze aus seinem Mund. Dann griff er mit beiden Händen ihre Hüfte und warf sie regelrecht auf das große Ledersofa. Er zog die edlen Damenschuhe aus und riss dann hastig an beiden Hosenbeinen, bis er die leere Jeans in den Händen hielt.
Thorben blickte nach vorn und sah vor sich eine wunderschöne Frau, die nur noch mit einem kleinen rot-schwarzen Slip bekleidet war. Sie räkelte sich erregt auf dem Sofa und wollte endlich befriedigt werden.

Thorben zog seine auf den Füßen liegende Jogginghose und die Unterhose schnell komplett aus. Dann drückte Clarissas Knie etwas auseinander und kniete sich vor sie.

Gierig schob er den Stoff des Slips zu Seite und starrte wie hypnotisiert auf ihre Vagina. Die Schamlippen glänzten nass. Die Schamhaare waren zu einem schmalen Streifen vor der Klitoris in Form rasiert. Ansonsten gab es zwischen ihren Schenkeln nur glatte, nasse und glänzende Haut.

Der junge Fitness-Trainer begann damit, Clarissas Schamlippe langsam mit seiner Zungenspitze abzutasten. Der Geschmack war unbeschreiblich.
Thorben spürte, wie sein Penis noch härter wurde. Er wollte mehr von dieser nassen Muschi in seinem Mund spüren. Seine Lippen schnappten sich Clarissas linke Schamlippe und hielten sie fest. Dann hob er den Kopf leicht an und zog so leicht an dem nassen Stück Fleisch, was sich in seinem Mund befand.
Clarissa begann vor Lust zu stöhnen.
Thorben spuckte die Schamlippe aus und wiederholte die Prozedur mit der rechten Schamlippe.
Danach ließ er seine Zungenspitze um die Klitoris der erregten Frau tanzen und kreisen. Clarissas Zittern verriet ihm, dass sie seine Behandlung sehr genoss.

Jetzt zog er ihre feuchten Schamlippen mit den Fingern seiner linken Hand langsam auseinander, bis er tief in ihre Vagina sehen konnte.

Er nahm seinen rechten Zeigefinger kurz in den Mund und bedeckte ihn mit Speichel, damit er schön nass und glitschig wurde. Danach schob er den Finger langsam zwischen die Schamlippen. Da Clarissa es mit einem zufriedenen Aufschrei quittierte, schob er den Finger so tief wie möglich in ihre Vagina. Clarissa griff sein Handgelenk mit ihrer rechten Hand und fing an, es immer wieder vor und zurück zu schieben. Der nasse Finger flutschte so immer wieder in diese warme enge Höhle hinein und wieder heraus.

Als der Finger sich mal wieder kurz vor Clarissas Scheide befand, griff sie auch mit ihrer linken Hand nach seinen Fingern. Sie zog an seinem Mittelfinger und streckte ihn auch gerade nach vorn.

„Es muss dicker sein", flüsterte sie.

Thorben gehorchte. Als Nächstes schob er Zeigefinger und Mittelfinger gemeinsam in ihre Vagina hinein. Sie fühlte sich nun noch viel wärmer und enger als vorher an. Er war sich zunächst nicht sicher, ob ihr seine Bewegung Schmerzen bereiten würde und bewegte seine Hand nur langsam und vorsichtig nach vorn.

Clarissa ließ sich so eine übervorsichtige Behandlung aber nicht gefallen. Erneut griff sie nach seinem Handgelenk und brachte es in Bewegung. Immer wieder und immer schneller ließ sie ihn seine Finger in ihre nasse Scheide rammen. Sie wurde dabei immer geiler und ihr Stöhnen wurde immer lauter. Nach einer Weile zitterte sie am ganzen Körper.

Sie wollte jetzt mehr als nur ein Vorspiel:

„Jetzt fick mich endlich durch. Oder brauchst du diesen dicken Schwanz nur zum Pissen?"

Die Aufforderung war nicht gerade freundlich, aber Thorben war nicht beleidigt.
Er war genauso geil wie seine Kundin und es war ihm die ganze Zeit schon schwer gefallen, nicht sofort sein Glied in sie hinein zu schieben.
Das holte er jetzt aber nach. Er stand auf und sprang regelrecht in diese erotische Frau hinein. Er drückte ihre Knie noch weiter auseinander,

setzte seine knallharte, dunkelrote Eichel zwischen ihren Schamlippen an und stieß zu.
Der steife Penis flutschte tief in Clarissas Scheide hinein. Sie schrie laut auf und fasste mit beiden Händen um sein Becken. Er spürte, wie sich ihre spitzen, manikürten Fingernägel in seine Haut stachen.
Clarissa zog nun sein Becken enger an ihrer heran. So bohrte sich das Glied noch tiefer in ihren Körper hinein. Dann drückte sie es wieder etwas zurück. Sie wollte richtige Stoßbewegungen von Thorben und die sollte sie auch bekommen.
Er hatte ihren Wunsch verstanden und fing an, ihre nasse Muschi mit immer schneller werdenden Fickstößen zu bearbeiten.
Immer wieder ließ er sein Becken nach vorn schnellen und versenkte dabei seinen Penis tief zwischen ihren Schamlippen. Das schmatzende Geräusch, das diese nassen Körperteile bei jeder Bewegung verursachten, erregte Beide noch mehr.
Nach kurzer Zeit konnte Thorben seinen Samenerguss nicht mehr verhindern. Schnell zog er sein tropfnasses Glied aus Clarissas enger Lusthöhle und stand auf.
Er stellte sich vor ihren Oberkörper und spritzte einfach los. In großen Schüben sprudelte das

Sperma aus seiner Eichel. Die weißen klebrigen Tropfen landeten auf Clarissas Brüsten, ihrem Hals, im Gesicht und sogar im Haar.
Sie öffnete den Mund und versuchte, möglichst viel von dem umher fliegenden Samen aufzufangen.. Bald waren auch ihre Lippen und die Zunge mit der weißen Soße bedeckt.

Nach einer Weile war die Quelle versiegt. Thorbens Penis war immer noch steif und befand sich direkt vor Clarissas Oberkörper.
Den Anblick dieser schönen Frau, die fast nackt vor ihm auf dem Rücken lag und deren kompletter Oberkörper mit seinen Spermatropfen übersäht war, würde er nie wieder vergessen.
Clarissa richtete sich zufrieden auf. Sie griff nach Thorbens Glied und leckte gierig die letzten Samentröpfchen von der Eichel herunter.
Danach streichelte sie sich mit ihren Fingerspitzen über die Brüste und das Gesicht und sammelte dabei die kleinen Spermapfützen auf. Danach leckte sie sich die Finger sorgfältig sauber.

Sie grinste Thorben an: „Ok, ich denke, dass war es erstmal für heute. Kommen Sie bitte morgen wieder um 15:00 vorbei. Wenn schönes Wetter ist, könnten wir dann ja etwas Wassergymnastik im Pool machen..."

Zwei gierige Anhalterinnen

Kurt saß in seinem alten Ford Mondeo. Bis Frankfurt hatte er noch über 300 Kilometer vor sich. Als er auf einen Parkplatz fuhr, um seine drückende Blase zu entleeren, fielen ihm am Straßenrand zwei junge Damen auf. Eine von Ihnen hielt ein Stück Karton hoch, auf das mit zahllosen Kugelschreiberstrichen das Wort „Frankfurt" gekrickelt war.

Kurt war sehr in Versuchung, anzuhalten und die beiden Frauen einsteigen zu lassen. Er entschied sich aber dagegen, weil er schon seit vier Jahren glücklich verheiratet war und seine Frau damit bestimmt nicht einverstanden gewesen wäre. Also fuhr er vorbei und hielt etwa 100 Meter dahinter. Dort stieg er aus und ging in die Büsche, wo er urinierte.

Als er wieder zurück zum Auto, standen die zwei jungen Damen direkt vor seinem Wagen. Die Frau, die das Kartonschild dabei hatte, sprach ihn freundlich an: „Hallo, fährst du zufällig nach Frankfurt?"

„Ja, stimmt."

„Dann hast du bestimmt gerade unser Schild nicht gesehen. Wir suchen jemanden, der uns dahin mitnehmen kann..."

„Oh, das tut mir leid. Das habe ich wohl übersehen."

Kurt schaute die beiden Frauen an.
Es war eigentlich vollkommen unmöglich, sie zu übersehen. Die Beiden waren noch sehr jung, höchstens 20 Jahre alt.
Das Mädel mit dem Pappschild unter dem Arm war groß und schlank. Sie hatte hellblonde, lange Haare, die im wild im Wind wehten. Ihre Lippen waren voll und sinnlich. Sie hatte sie mit knallrotem, glänzendem Lippenstift betont. Die junge Frau trug einen kurzen Jeansrock und ein knappes Sonnentop, unter dem Kurt die runden Formen ihrer knackigen Brüste deutlich erkennen konnte.
Die andere Frau war etwas kleiner und üppiger. Sie hatte brünette, gelockte Haare. Die großzügigen Kurven ihres Körpers brachten Kurt

fast dazu, das Gespräch, welches er gerade mit den zwei Mädchen führte, zu vergessen.

„Was ist nun? Können wir bei dir mitfahren?" fragte das blonde Mädchen noch einmal genauer nach.

„Klar. Steigt einfach ein. Ich heiße Kurt."

Das ließen sich die Frauen nicht zweimal sagen. Das blonde Mädel kletterte auf den Rücksitz und machte es sich dort bequem.
Die brünette junge Frau setzte sich vorn neben Kurt. Sie stellte sich als Sarah vor.

Kurt fuhr wieder auf die Autobahn. Ein paar Minuten saßen alle schweigend im Auto. Keiner schien zu wissen, was er den Anderen erzählen sollte.

Dann wurde es aber Alexandra, der blonden Frau, die hinter Sarah saß, offenbar zu langweilig. Kurt konnte zwar nur ab und zu kurz in seinen Rückspiegel schauen, aber doch erkannte er, dass Alexandra ihre Beine spreizte und den Stoff des schwarzen Slips zur Seite schob. So konnte er direkt zwischen ihre nassen, glänzenden Schamlippen schauen.

Das Mädchen begann langsam, mit ihren Fingerspitzen in kreisenden Bewegungen ihre Klitoris zu streicheln.
Immer wieder sah Kurt in den Spiegel. Der Anblick erregte ihn so sehr, dass sein Penis langsam härter wurde und von innen gegen den Stoff seiner Jeanshose drückte.

Dann spürte er noch etwas Anderes zwischen seinen Beinen. Er schaute kurz nach unten und sah, wie Sarahs Hand zärtlich über seine Hose glitt. Sie tastete den schweren Stoff ab und fühlte genau, wo sich Kurts hartes Glied und seine Hoden befanden.

Es gefiel ihm unglaublich gut, so zärtlich gestreichelt zu werden. Immer, wenn der Straßenverkehr es zuließ, schaute er entweder nach unten, um zu sehen, was Sarah mit seinem Genitalbereich anstellte, oder in seinen Rückspiegel, wo er inzwischen beobachten konnte, wie Alexandra sich immer wieder ihren Mittelfinger tief in die Vagina hinein schob.

Etwas später griff Sarah einfach nach Kurts rechter Hand. Sie schob sie in den Bund ihrer kurzen Hot Pants. Kurt fühlte dort zunächst einen hauchdünnen, synthetischen Stoff, der offenbar zu Sarahs Slip gehörte.

Er schob ihn einfach zu Seite und merkte sofort, wie seine Fingerspitzen immer nasser wurden. Er war direkt bei ihren Schamlippen gelandet. Die Haut fühlte sich unglaublich glatt, nass und warm an. Sie hatte ihren Intimbereich offenbar ganz frisch rasiert und war vor Erregnung schon total nass.

Sarah beugte ihren Kopf zu seinem Ohr herüber und flüsterte: „Wenn du mehr willst, solltest du dringend mal anhalten..."

Kurt suchte fieberhaft nach einer Möglichkeit zu parken, aber das war auf einer Autobahn leichter gesagt als getan.

Langsam wurde der Druck in seinem Hodensack fast unerträglich. Sarah hatte aber scheinbar überhaupt kein Mitleid mit ihm. Sie hatte inzwischen sein knallhartes Glied in festem Griff umfasst und schob immer wieder langsam seine Vorhaut vor und zurück.

Endlich erblickte Kurt das Hinweisschild für eine Autobahnraststätte mit Tankstelle, die in fünf Kilometern Entfernung vor ihnen liegen sollte.

Er musste es irgendwie noch solange aushalten: „Sarah, warte bitte kurz, sonst spritze ich jetzt schon los. Ich kann ja gleich parken." Dann zog er seine Hand aus der Hose der schönen Frau zurück. Dieses nasse, warme Gefühl zwischen ihren Beinen herumzustreicheln, macht ihn einfach zu geil.

Sarah lächelte ihn nur an und antwortete nicht. Sie zog auch ihre Hand aus seiner Hose zurück. Stattdessen schob sie sie in ihren eigenen Hosenbund und tastete selbst zwischen ihren Beinen herum.
Nach kurzer Zeit zog sie die Hand wieder heraus und hielt ihre Finger direkt vor Kurts Gesicht. Die Finger waren pitschnass und glänzten. Kurt schnappte sich ihr Handgelenk und zog es an seine Lippen heran. Langsam und genüsslich schob er sich die nassen Finger in den Mund. Seine Zunge tastete sie von oben bis unten ab. Der Geschmack ihrer Vaginalflüssigkeit machte ihn noch geiler.

Endlich erreichte der Wagen die Ausfahrt zur Raststätte. Kurt fuhr zu den Zapfsäulen der Tankstelle und parkte kurz dahinter, direkt neben den Toiletten. Glücklicherweise war hier so spät abends nur wenig Betrieb.

Die Drei stiegen aus. Jetzt übernahm Alexandra die Führung. Sie nahm einfach Kurts Hand und zog ihn langsam, aber bestimmt hinter sich her zu den Damentoiletten. Sarah folgte ihnen bereitwillig. Kurz bevor sie die Tür erreicht hatten, kam ihnen aus dem Toilettenbereich eine ältere Dame entgegen. Sie ging zu den Zapfsäulen, wo ihr Partner sie bereits in seinem Opel Vectra erwartete.

Die Drei betraten nun die Damentoiletten. Es war niemand zu sehen. Alexandra schaute kurz in alle vier Toilettenkabinen, aber es war wirklich niemand da.

Dann ging sie zurück zur Tür. Sie drückte sie zu, nahm einen Wischmop, der an ein Waschbecken gelehnt neben dem Türrahmen stand und blockierte die Türklinke mit dem Wischerstiel. Nun würden Sie erstmal ungestört sein und müssten sich auch nicht in einer engen Toilettenkabine verstecken.

Alexandra ging direkt vor Kurt wortlos auf die Knie und begann, seinen Gürtel zu öffnen. Dann zog sie mit einem kurzen Ruck Hose und Unterhose herunter. Nun sprang ihr sein steifer Penis entgegen und blieb direkt vor ihrem Gesicht waagerecht stehen.

„Du hast es ja wirklich dringend nötig", stellte sie fest. Dann schob sie langsam seine Vorhaut zurück und legte die Eichel frei. Diese begann sie mit ihrer Zungenspitze langsam abzutasten und zu umkreisen. Dann schob sie sich langsam den gesamten Penis in den Mund. Kurts Glied war so lang, dass die Eichel in ihrem Rachenbereich landete.
Langsam begann sie, ihren Kopf immer wieder vor und zurück zu bewegen. So glitt Kurts Penis in ihrer Mundhöhle abwechselnd nach vorne und hinten.
Es kam ihm vor wie ein traumhaft schöner Geschlechtsverkehr.

Es war zwar schwer, seine Augen von Alexandra abzuwenden, die ihn gerade so zärtlich oral verwöhnte, aber vor ihm begann gerade, Sarah, sich zu entblättern. Sie hatte ihr T-Shirt schon aus und fasste gerade mit einer Hand hinter ihren Rücken, wo sie den Verschluss ihrer weinroten BH öffnete. Dann ließ sie ihn einfach fallen und ihre großen, traumhaft schönen Brüste waren direkt in Kurts Reichweite. Sofort griff er gierig mit beiden Händen zu. Er begann, ausführlich ihre warme, weiche Oberweite durchzukneten.

Lange konnte er das tolle Gefühl nicht mehr aushalten, was er hatte, während diese zwei Traumfrauen ihn hemmungslos verwöhnten.

„Ich halte es nicht mehr lange aus. Gleich spritze ich los."

Jetzt bekam Sarah langsam schlechtere Laune: „ Wenn du einfach bei Alex ins Maul spritzt, ohne mich vorher durchzuficken, reiße ich dir die Eier ab."

Alexandra sah hoch zu den anderen Beiden und grinste. Dann spuckte sie einfach Kurts Penis aus und macht zu Sarah eine einladende Geste: „Los schnapp ihn dir."
Dann stand sie auf und ging zur Seite.

Sarah öffnete ihre Hose und zog sie zusammen mit ihrem Slip aus. Bis auf die leichten Stoffturnschuhe war sie nun komplett nackt. Sie legte sich einfach auf den leicht verdreckten Fliesenboden der Toilettenanlage. Dann schaute sie Kurt etwas spöttisch an:

„Los, besorg' es mir!"

Diesen Befehl wollte er bestimmt nicht missachten. Hastig stieg er aus seinen Hosen, die ja schon herunter gezogen auf dem Boden lagen. Dann kniete er sich vor Sarah und schob ihre Beine auseinander.
Wie hypnotisiert schaute er auf ihre glänzende Vagina, die nun direkt vor ihm geöffnet und bereit da lag. Er konnte nicht anders Er musste sich zunächst vorzubeugen, bis sich sein Gesicht zwischen ihren Beinen befand und dann gierig seine Zunge zwischen ihre Schamlippen eintauchen. Da war er wieder, dieser tolle Geschmack auf der Zunge, mit dem Sarah in vorhin während der Fahrt schon fast um den Verstand gebracht hätte. Er leckte und schleckte und konnte gar nicht mehr aufhören.

Nach einer Weile zog er die Zunge wieder zurück und begann, zärtlich über Sarahs Klitoris zu lecken. Langsam schob er seinen Zeigefinger in ihre Vagina. Sarah begann, vor Lust laut zu stöhnen.

Auch Kurt konnte sich jetzt nicht mehr zurück halten.

Er zog seinen nassen Finger heraus und rammte stattdessen sein hartes Glied in Sarahs nasse Muschi.

Mit hoher Geschwindigkeit stieß er immer wieder zu und zog seinen Penis dann wieder ein paar Zentimeter zurück.

Jetzt spürte Kurt etwas im Bereich seines Hodens, womit er nicht gerechnet hatte. Alexandra hatte sich hinter ihm auf den Rücken gelegt und ihren Kopf zwischen seine Oberschenkel gequetscht. Sie hatte ihren Mundweit geöffnet und seine beiden Hoden hineingeschlürft. Nun saugte sie gierig und es störte sie scheinbar überhaupt nicht, dass Kurts Hüfte sich dabei immer vor und zurück bewegte, da er ja gerade lüstern Sarahs Vagina rhythmisch mit seinem steifen Glied bearbeitete.

Nach kurzer Zeit konnte er gegen den Druck in seinen Samensträngen nicht mehr ankämpfen. Er spürte, dass das Sperma schon sehr bald aus seiner Eichel strömen würde.

Alexandra hatte aber genau auf diesen Augenblick gewartet. Sobald sie dass Zucken in seinem Genitalbereich fühlte, spuckte sie schlagartig Kurts nass gelutschten Hodensack aus, griff gierig nach Kurts Penis, zog ihn einfach aus Sarahs Vagina heraus und stopfte ihn in ihren Mund.
Als Kurt nun losspritzte, landete die komplette beachtliche Samenladung auf Alexandras Zunge. Sie lüsterne Blondine wartete noch ab, bis das Zucken seines Gliedes immer mehr nachließ und dann ganz aufhörte. Dann ließ sie seinen nun etwas weicher gewordenen, nassen Penis einfach aus ihrem Mund fallen. Sie schob Kurt einfach zur Seite und krabbelte auf allen Vieren zu Sarah, die immer noch total erregt auf dem Rücken lag und noch gar nicht richtig verstanden hatte, was gerade passiert war und warum Kurts Penis sich nicht mehr zwischen ihren Schamlippen befand.

Alexandra beugte sich nun über Sarahs Gesicht und öffnete den Mund. Als langsam Kurts weiße Soße zwischen ihren Lippen zum Vorschein kam und sich ein großer Spermatropfen bildete, kapierte Sarah sofort, was ihre Freundin vorhatte. Gierig öffnete sie genau in dem Augenblick den Mund, in dem der erste große Samenkleks herunterfiel. Er landete zielgenau auf Sarahs Zunge. Kurz darauf folgte eine richtige Spermaflut, die Sarah gar nicht komplett auffangen konnte. Ein Teil der warmen, klebrigen Flüssigkeit landete außen auf ihren Lippen und floss langsam an ihrem Gesicht herunter.

Sarah schluckte die große Samenmenge in ihrem Mund aber auch nicht einfach herunter. Sie wollte noch etwas damit spielen. Also öffnete sie noch einmal ihren Mund und streckte Alexandra ihre mit Spermatröpfchen bedeckte Zunge entgegen.

Alexandra öffnete ebenfalls ihren Mund und küsste ihre auf dem Rücken liegende Freundin. Sie schleckten sich gegenseitig gierig mit ihren Zungenspitzen in den Mundhöhlen herum und spuckten sich den Samen immer wieder gegenseitig zwischen die Lippen.

Kurt wurde bei diesem Anblick fast wahnsinnig. Er hatte so etwas Sinnliches wie diese beiden samenverschmierten Schönheiten, die sich vor ihm auf dem dreckigen Fliesenboden hin und her wälzten, noch nie zuvor gesehen.

Sein Glied hing leider noch etwas schlaff herunter aber er wollte nicht nur zuschauen. Also schob er Zeige- und Mittelfinger seiner rechten Hand wieder vorsichtig in Sarahs nasse Vagina. Mit der linken Hand kümmerte er sich nun um Alexandra. Sie befand sich ja nun auf allen Vieren vor ihm und streckte ihm ihr knackiges Hinterteil entgegen, während sie gerade noch mit der Zungenspitze ein paar Spermareste aus Sarahs Mundhöhle angelte.

Kurt schob den nassen Stoff ihres Slips zur Seite und hatte nun noch eine glänzende Scheide direkt vor sich. Er umkreiste mit der Spitze seines Zeigefingers vorsichtig ihre Klitoris. Da sie sich nicht dagegen wehrte und ihm ihr Hinterteil sogar gierig entgegenstreckte, schob er direkt drei Finger zwischen Alexandras

Schamlippen. In ihrer Vagina fühlte es sich unglaublich warm, nass und eng an.

Kurt taten schon die Arme weh. Immer wieder schob er die Finger beider Hände vor und zurück, um die beiden geilen Frauen, die sich vor ihm auf dem Boden wanden, zu befriedigen.

Sarah begann schon vor Erregung zu zittern. Sie stöhnte laut auf und bekam gerade offenbar einen Orgasmus.

Alexandra war aber noch nicht so weit.

„Los, leck mir wenigstens das Arschloch, du Schlappschwanz!" schrie sieh und reckte Kurt ihr Hinterteil aufreizend entgegen.

Kurt gehorchte. Direkt vor seinem Gesicht befand sich Alexandras kleines Poloch und darunter die tropfnasse Scheide, die er immer noch mit seinen Fingern bearbeitete.

Er sammelte in seinem Mund Speichel und spuckte ihr direkt aufs Poloch. Langsam floss der Speichel nach unten und über die Schamlippen.

Kurt rammte nun seine Zungenspitze in Alexandras Po. Dort ließ er sie langsam kreisen. Er zog seine Finger aus ihrer Vagina und drückte die Pobacken mit beiden Händen auseinander, das sich das Loch weiter öffnete. Nun konnte er die Zunge noch tiefer schieben.

Alexandra stöhnte laut auf.

Kurt ließ seine Zungen nun zwischen den Pobacken des erregten Mädchens immer wieder hoch und runter bis zur Vagina wandern, in die er jedes Mal kurz die Zungenspitze eintauchen ließ.

Alexandra begann nun auch langsam zu zittern.

Kurt hatte sich bisher noch nie so ausführlich mit dem Poloch einer Frau beschäftigt. Er merkte aber, dass es ihn selbst auch sehr anregte, über diese kleine, zuckende Höhle zu schlecken. Langsam bekam er immer mehr Lust, seinen Penis da hinein zu schieben. Auch merkte er, dass sein Glied inzwischen wieder steif geworden war.

Nach kurzer Zeit konnte er sich nicht mehr beherrschen. Er kniete sich hinter Alexandra und schob ihr ohne Vorwarnung sein hartes Glied in die nasse Rosette.

Es war noch viel enger und intensiver, als er es sich vorgestellt hatte. Die zuckende Blondine, die vor ihm auf allen Vieren hockte, schrie vor Lust laut auf.

Inzwischen hatte sich Sarah breitbeinig vor Alexandra gelegt und ließ sich von ihrer Freundin ausgiebig mit dem Mund verwöhnen. Es hatte ihr halt nicht gefallen, passiv daneben zu sitzen und bei den Ferkeleien nicht mehr mitzumachen.

Immer wieder stieß Kurt zu und schob seinen Penis tief in Alexandras kleines, enges Loch hinein. Es dauerte nicht lange, bis er erneut spritzen musste. Dieses Mal war es natürlich etwas weniger Sperma, aber das Gefühl war unglaublich.
Kurt zog sein Glied heraus und beobachtete zufrieden, wie der Samen langsam aus Alexandras Poloch heraus floss, bis zu ihren Schamlippen lief und von dort aus auf die Fliesen tropfte.

10 Minuten später saßen die Drei angezogen im frisch voll getankten Auto und befanden sich wieder auf der Autobahn in Richtung Frankfurt.

Dieses Mal saß Kurt allein vorn. Die beiden Mädchen machten es sich hinten bequem. Alle wussten, dass Kurts Penis nun überanstrengt war und eine Pause brauchen würde. Die Lust der Mädchen war aber noch lange nicht gestillt.

Nach ein paar Minuten Fahrt sah Kurt im Rückspiegel, wie die Zwei sich abschnallten und begannen, sich leidenschaftlich zu küssen.

Etwas später lag Alexandra mit dem Rücken auf der Sitzbank. Ihr Rock war hochgeschoben und den Slip hatte Sarah ihr ausgezogen.
Sarahs Kopf war fast zwischen Alexandras Oberschenkeln verschwunden. Sie kniete im Fußraum, um genug Platz zu haben und leckte gierig die Spermareste von der Rosette und den Schamlippen der verführerischen Blondine. Alexandra schloss die Augen und genoss jede Zungenbewegung ihrer Freundin.

Nachdem kein Samentröpfchen mehr zu finden war, wanderte Sarahs Kopf etwas höher. Inzwischen hatte sie Alexandras Top und BH hochgeschoben und die Brüste freigelegt. Zärtlich begann sie, zunächst die linke und etwas später die rechte Brustwarze mit ihren Lippen aufzunehmen und vorsichtig zu saugen. Alexandra ließ es einfach geschehen. Sie hielt Sarahs Hinterkopf mit beiden Händen fest und kraulte ihn.

Nach ein paar Minuten wollte Alexandra mehr von ihrer Freundin. Sie setzte sich wieder hin und zog den Körper der üppigen Brünetten aus dem Fußraum nach oben. Sie hob Sarahs Beine an und entfernte geschickt die Hot Pants und den Slip. Dann drückte die blonde Frau die Schenkel ihrer Freundin auseinander und spuckte auf ihre Schamlippen, um danach den Speichel sofort wieder mit ihrer Zunge einzusammeln. Das wiederholte sie dreimal.

In dieser Situation freute Kurt sich regelrecht darüber, dass sich vor seinem Auto ein langer Stau gebildet hatte. Die Fahrzeuge bewegten sich kein Stück mehr von der Stelle. So konnte Kurt sich in aller Ruhe nach hinten drehen, und den beiden lüsternen Anhalterinnen genussvoll bei ihren erotischen Sexspielen zusehen.

Alexandra bemerkte seine gierigen Blicke: „Wenn du uns schon so notgeil zuguckst, kannst du uns bestimmt was zum Spielen geben, was sich wie ein dicker Schwanz anfühlt, oder?"

Kurt fühlte sich ertappt, aber Alexandra schien ja nicht wirklich wütend auf ihn zu sein. Es kam ihm sogar so vor, als ob die jungen Mädels seine gierigen Blicke genossen.

Fieberhaft suchte Kurt im Handschuhfach und in den Aufbewahrungsfächern der vordern Türen nach einem Dildo-Ersatz. Dann fand er genau das Passende.
Es war ein Eiskratzer mit einem dicken, mit Gummi überzogenen Griff. Dieser Griff war sogar etwas dicker als Kurts richtiges Glied, wenn es komplett erregiert war. Hilfsbereit reichte er es Alexandra. Sie lächelte ihn an: „OK, dann schau mal zu, was wir damit machen, du Schwein." Sie nahm den Eiskratzer, spuckte auf den Griff und setzte ihn zwischen Sarahs Schamlippen an. Dann schob sie ihn langsam, aber bestimmt tief in die nass glänzende Vagina ihrer Freundin. Diese quittierte ihr Handeln mit einem lustvollen Quieken.

Nachdem sie den kompletten Griff des Eiskratzers in Sarahs Scheide versenkt hatte,

zog sie ihn langsam wieder zurück, um dann direkt wieder damit zuzustoßen. Das machte sie immer wieder und immer fester.
Sarah schrie vor Geilheit nur noch laut heraus. Sie konnte sich beim besten Willen nicht mehr beherrschen.

Sarah bat nach einer Weile darum, dass Alexandra aufhörte. Das tat sie auch, aber nur um den nassen Griff als Nächstes in Sarahs Poloch zu schieben und das letzte Stück ihres Darms im hohen Tempo immer wieder zu durchstoßen. Sarah kreischte vor Begeisterung.

Der Rest der Fahrt verlief ruhiger.
Abgesehen davon, dass sich Alexandra nach der nächsten Pinkelpause wieder neben Kurt setzte und seinen Penis während der Fahrt über eine Stunde in ihrem Mund behielt, gab es keine weiteren Besonderheiten.

Nettes Zimmermädchen

Norman kam gerade aus dem Badezimmer des Hotelzimmers, als er sie sah. Ihr Klopfen hatte er offenbar nicht gehört.
Das Zimmermädchen war gerade dabei, den Papierkorb zu leeren. Sie sah unglaublich süß aus in dem schwarzen Kleidchen mit den weißen Rüschen-Applikationen. Sie war etwa 20 Jahre alt, hatte langes blondes Haar und eine umwerfend knackige Figur.
Als sie hörte, wie Norman da Bad-Tür schloß, fuhr sie erschreckt auf und drehte sich um:

„Verzeihung, ich wusste nicht, dass sie da sind. Ich wollte nur kurz das Bett machen und etwas aufräumen."

Von vorn sah sie noch niedlicher aus. Norman lächelte sie an: „Macht ja nichts. Lassen Sie sich nicht stören."

Er setzte sich in den Sessel und schaute dem Mädchen dabei zu, wie es eine neue Mülltüte in den Papierkorb hängte und dann das Bett machte. Vom Sessel aus konnte er ihr dabei hervorragend in den Ausschnitt starren.

Das Zimmermädchen tat zwar so, als ob sie es nicht bemerken würde, aber sie lächelte fast unmerklich und beugte sich noch etwas weiter vor. So konnte er zwischen ihren üppigen Busen hindurch bis fast zum Bauchnabel schauen.

„Ich heiße übrigens Norman, und du?"

„Ich bin Frauke. Aber ich darf mich nicht so ausführlich mit den Gästen unterhalten…"

„Du darfst nicht oder du willst nicht?" Norman schaute sie fragend an.

Sie lächelte ihn schüchtern an: „Ok, ich find dich unheimlich süß. Wenn ich noch lange hier im Zimmer bleibe, kann ich für nichts garantieren. Ich bin halt total sexgeil…"

Langsam begann Norman zu schwitzen: „Wir können uns ja beeilen. Dann merkt es keiner…"

Norman ging zu ihr und streichelte ihr vorsichtig mit der Hand über die linke Wange.

Frauke hatte gehofft, dass er ihr etwas näher kam und wollte nicht mehr länger warten. Sie griff mit beiden Händen nach seinem Kopf und zog ihn direkt vor ihr Gesicht. Dann presste sie gierig ihre Lippen auf seinen Mund.

Norman wehrte sich nicht im Geringsten. Er öffnete seinen Mund etwas und schob dann langsam seine Zunge zwischen Fraukes Lippen. Sie machte sofort dasselbe und ein paar Sekunden später schleckten sie sich gegenseitig mit ihren nassen Zungen durch den kompletten Mundraum.

Etwas später spürte Frauke, wie Normans Hand über ihrer linken Brust auf dem Oberteil ihres Kleides landete. Zunächst berührte er sie dort ganz vorsichtig, griff aber dann gierig zu, da sie sich nicht gegen die Berührung gewehrt hatte.

Sie genoss seine knetenden Finger über ihrem Busen und hob langsam ihr rechtes Knie an, bis sie durch den dünnen Stoff ihrer halterlosen Nylonstrümpfe sein steifes Glied auf ihrem Oberschenkel fühlte.

Nachdem Norman ihren Schenkel zwischen seinen Beinen wahrnahm, konnte er sich nicht mehr bremsen. Er löste seine Hand von ihrer Brust und ließ sie auf dem Stoff ihres Kleides über ihren Bauch nach unten gleiten. Dann schob er die Hand unter das Kleid und bewegte sie wieder nach oben.

Geschickt tauchten seine Finger unter Fraukes BH und streichelten dann wieder über die linke Brust. Dieses Mal befand sich aber kein störender Stoff dazwischen. Das Gefühl seiner warmen, von der Arbeit etwas rauen Finger erregten Frauke so stark, dass sie begann, leise direkt in Normans Ohr zu stöhnen.

Als er das hörte, ließ er hastig den großen weichen Busen, der sich so gut anfühlte los, zog seine Hand zurück und fasste dann mit beiden Händen um Fraukes Hüfte. Mühelos hob er die junge Frau hoch und setzte sie vor sich auf den Tisch. Dann schob er ihr Kleid mit beiden Händen nach oben bis der Stoff durch Fraukes Achseln gestoppt wurde. Da es eh etwas eng saß, rutschte es über ihre üppige Oberweite auch nicht wieder herunter.

Dann schob Norman auch den störenden BH nach oben und hatte endlich freie Sicht auf Fraukes großen Busen. Ihre Brustwarzen waren vor Erregung schon ganz hart geworden.

Der junge Geschäftsmann griff gierig mit beiden Händen zu. Er streichelte und knetete die Brüste ausführlich. Danach beugte er seinen Kopf vor und begann, die rechte Brustwarze der jungen Hotelangestellten zärtlich mit seiner Zunge zu umkreisen. Danach nahm er den Nippel zwischen die Lippen und begann, vorsichtig daran zu saugen. Dasselbe wiederholte er kurz darauf mit Fraukes linker Brustwarze.

Sie genoss die Behandlung und hob erneut vorsichtig ihr rechtes Bein an. Dieses Mal spürte sie seinen harten Penis direkt an ihrem Knie.

Norman ließ von der Brustwarze der jungen Frau ab und schubste dann mit beiden Händen einfach ihren Oberkörper zurück, bis sie auf dem Tisch lag.

Dann griffen seine Hände in ihren Hosenbund und zogen den Slip langsam herunter.

Wie hypnotisiert starrte Norman gierig auf ihre glatt rasierte Vagina. Frauke hatte nur im vorderen Bereich einen schmalen Streifen Schamhaare stehen lassen. Die Schamlippen glänzten nass. Der Anblick brachte den jungen Mann fast um den Verstand.

Er fasste ihre Beine an den Fußgelenken und drückte sie langsam auseinander, bis sich auch Fraukes Schamlippen immer weiter öffneten.

Dann kniete er sich vor den Tisch. So war sein Mund auf genau der richtigen Höhe, um Fraukes Intimbereich ausgiebig zu verwöhnen.

Frauke legte ihre Beine um Normans Schultern und schlang sie fast um seinen Hals.

Da er nun wieder die Hände frei hatte, benutzte er sie auch. Vorsichtig schob er mit deinen Fingern ihre Schamlippen auseinander und begann, seine Zunge langsam dazwischen zu schieben. Die Zungenspitze wanderte an den Innenseiten der Schamlippen gierig rauf und runter und sammelte jedes Tröpfchen Feuchtigkeit ein, was sie kriegen konnte.

Das Glücksgefühl, welches Frauke dabei empfand, war unbeschreiblich. Sie konnte nicht verhindern, dass ihr ganzer Unterleib stark zitterte.

Dann änderte Norman die Position seiner Hände. Die Schamlippen hielt er jetzt mit Daumen und Zeigefinder der linken Hand auseinander.

Da ihm die rechte Hand nun wieder zur Verfügung stand, schob er vorsichtig seinen Zeigefinger immer tiefer in Fraukes Vagina hinein. Das nasse und warme Gefühl an seinem Finger machte ihn noch gieriger.

Er hörte, wie Frauke begann, immer lauter und schneller zu stöhnen und wertete das als Zustimmung zu dem, was er gerade tat. Daher benutzte er von diesem Moment an zusätzlich seinen Mittelfinger.

Er fühlte zwar, das es für zwei Finger erheblich enger wurde als für einen, aber da Frauke immer erregter und nasser wurde, flutschten sie problemlos tief in die Höhle hinein.

Norman schob die Finger immer schneller vor und zurück und simulierte so einen Geschlechtsverkehr. Frauke genoss es sichtlich. Sie zitterte am ganzen Körper und schrie gelegentlich schon laut auf.

Zusätzlich begann Norman, mit kreisenden Bewegungen seiner Zungenspitze Fraukes Klitoris zu umspielen. Fraukes Lustschreie wurden dadurch noch intensiver.

Nach ein paar Stößen mit seiner Hand wollte Norman sich nicht mehr damit begnügen, Frauke zu befriedigen. Auch er wollte seinen Spaß haben.

Daher zog er seine Finger zurück und stand auf. Er öffnete den Gürtel und die Knöpfe seiner Hose und ließ den schweren Jeansstoff einfach an seinen Beinen herunterrutschen. Dann schob

er auch seinen Slip nach unten und sein harter Penis ragte waagerecht nach vorne.
Norman setzte seine Eichel zwischen Fraukes Schamlippen an.

Sie schrie laut und hemmungslos: „Los, fick' mich endlich!"

Das ließ Norman sich nicht zweimal sagen. Mit einem Ruck stieß er seinen kompletten Penis komplett in Fraukes enge Vagina. Frauke schrie nun völlig hemmungslos und laut ihre Lust heraus.

Das nasse und warme Gefühl, welches Norman an seinem erregierten Glied spürte, war unbeschreiblich schön.
Zunächst stieß er seinen Penis zwar immer wieder fest in die unheimlich erregte Frauke hinein, ließ sich aber zwischen den Stößen einige Sekunden Zeit.

Nachdem das Glied aber ein paar Mal hinein und wieder heraus geglitten war, spürte Norman einen so hohen Druck in seinem Hodensack, dass er unbedingt schnell zum Höhepunkt kommen wollte.

Seine Stoßbewegungen wurden immer schneller und fester.

Frauke lag einfach mit dem Rücken auf dem Tisch und genoss laut stöhnend und schreiend Normans hemmungslose Bewegungen.

Nach kurzer Zeit kam Norman zum Höhepunkt.

Frauke spürte, wie sein Penis wild zuckte und wie scheinbar eine gewaltige Menge Sperma aus seiner Eichel direkt in ihren Unterleib spritzte.

Zunächst ließ Norman sein langsam etwas weicher werdendes Glied einfach, wo es war und streichelte Fraukes Brüste.

Dann zog er den Penis zurück, beugte sich über ihr Gesicht und küsste sie zärtlich.

Frauke genoss die Küsse und schob wieder ihre Zunge in Normans Mund.

Sie fühlte, wie langsam sein Sperma zwischen ihren Schamlippen hervorquoll, an ihren Oberschenkeln herunter lief und auf den Teppichboden des Hotelzimmers tropfte.

Alles roch angenehm nach Sperma, Scheidenflüssigkeit, Schweiß und wildem Sex.

Jetzt erstmal in Ruhe eine Zigarette und in Erinnerungen an das gerade erlebte, versaute Abenteuer schwelgen...

Mörderisch gut

Ich bleibe einfach auf dem Rücken liegen und genieße es. Diese Frau, die gerade auf mir reitet, ist der absolute Hammer. Ihre üppigen Titten wackeln im Takt. Ich greife einfach mit beiden Händen zu. Sie sind weich und warm. Ich knete sie gierig durch und spüre, wie mein Schwanz dabei noch härter wird.
Das schmatzende Geräusch, das entsteht, wenn ihre nassen Schamlippen, die meinen Pimmel eng umschließen, immer wieder hoch und runter rutschen und dabei ein Vakuum entsteht.

Die langen, dunklen Haare streicheln mein Gesicht.
Ich sehe, wie sie mit einem Arm hinter ihren Rücken nach unten greift und fühle, wie sie sich meine Eier schnappt. Sie greift fest zu aber zerquetscht dabei nichts. Zärtlich streichelt sie über meinen Sack.

Jetzt greife ich mir ihre Brüste noch fester und ziehe sie sanft etwas weiter zu mir herunter. Sie lässt es sich widerstandslos gefallen. Jetzt kann ich ihre harten Nippel mit meinem Mund erreichen und beginne, daran herum zu saugen.

Langsam merke ich, wie der Druck in meinen Eiern immer stärker wird. Gleich werde ich abspritzen. Einerseits macht mich dieser Gedanke noch geiler, aber andererseits ist es auch schade, denn ich will eigentlich noch stundenlang mit ihr ficken.

Ihre geschickten Finger haben offenbar das Zucken in meinen Eiern bemerkt.

Ohne Kommentar springt sie hastig von mir ab und kniet sich neben mein Becken. Sofort greift sie sich meinen Schwanz und steckt in sich wieder in den Mund. Dass mein Pimmel inzwischen überall mit ihrem Fotzenschleim beschmiert ist, stört sie offenbar nicht im Geringsten. Immer wieder rutschen ihre roten, vollen Lippen an meinem Schwanz herunter. Gleichzeitig wichst sie ihn mit einer Hand, während die andere Hand meine Eier krault.

Ich stöhne laut los und beginne zu spritzen. Immer wieder kommt ein großer Schwall Samen aus meiner Eichel gesprudelt. Sie schlürft und schluckt zunächst alles runter. Irgendwann ist die riesige Menge Sperma doch auch für sie zu viel.

Der weiße Schleim läuft zwischen ihren Lippen heraus und am Kinn herunter. Dann tropft die klebrige Soße auf ihr Titten. Der Anblick ist unglaublich.

Bis vor ein paar Minuten war ich stolz darauf, sie gestellt zu haben. So einen Fall habe ich in meiner ganzen Polizei-Karriere noch nie aufgeklärt.

Aber das ist jetzt egal.

Ich weiß, dass sie mich gleich mit dem scharfen Rasiermesser, das neben ihr liegt, töten wird, denn das hat sie mit den anderen acht Opfern nach dem Sex auch so gemacht.

Aber dieser geile Fick war es wert…

Unvergessliche Hochzeitsnacht

Hand in Hand kamen sie freudestrahlend aus der Kirche. Sie stiegen in die mit Blumen geschmückte Luxus-Limousine und fuhren los. Alle Gäste winkten dem frisch vermählten Paar fröhlich hinterher.

Maja platzte fast vor Neugier. Sie schaute Tim mit Schmollmund an. Jetzt sah sie in dem edlen weißen Hochzeitskleid noch süßer aus.

„Ok, jetzt habe ich mich aber lange genug geduldet. Wo verbringen wir jetzt unsere Flitterwochen?"

Tim strahlte sie an und schaute geheimnisvoll: „Du wolltest doch schon immer etwas Besonderes erleben. Wir machen eine Rundreise und ich habe für jeden Tag einen tollen Event organisiert."

„Was meinst du mit „Event"?"

„Das wirst du gleich sehen. In fünf Minuten sind wir schon bei der ersten Station…"

Nach kurzer Zeit fuhr er auf einen Parkplatz und stieg aus. Er öffnete Maja die Tür und half ihr aus dem Wagen.

„Komm mit, Süße. Ich habe eine Überraschung für dich." Er nahm sie an die Hand und ging mit ihr vom asphaltierten Parkplatz in das direkt daneben gelegene Waldstück.
Nach einigen Metern blieb er stehen, griff in die Tasche seiner Lederjacke und zog klimpernd eine lange Stahlkette heraus. Ohne auch nur ein Wort zu sprechen, legte er Maja ein Ende der Kette um den Hals, bildete eine Schlaufe und schloss diese mit einem kleinen Vorhängeschloss. Dann ging er mit dem anderen Ende der Kette zu einer Birke. Auch hier befestigte er die Kette mit einem Vorhängeschloss am Baumstamm.
Die Kette war etwa fünf Meter lang. Maja konnte sich frei bewegen, aber nicht weglaufen. Aber eigentlich wussten beide, dass sie auch ohne die Kette nicht weglaufen würde.
„Viel Spaß" sagte Tim grinste sie an.

Maja lächelte neugierig und etwas ängstlich zurück. Dann ging Tim zurück zum Parkplatz. Maja stand nun allein im Wald und konnte nur abwarten.

Tim stellte sich nun mitten auf den Parkplatz und hob eine Hand hoch. Daraufhin öffneten sich nach und nach die Fahrertüren fast aller abgestellten Autos. Es stiegen die verschiedensten Männer aus. Einige waren jung, andere schon im Rentenalter, teilweise in vornehmen Anzügen, teilweise aber auch in abgetragenen Jeans.
Sie gingen zu Tim und bezahlten den „Eintrittspreis". Jeder gab ihm 50 Euro. Meistens war es ein einzelner Geldschein, Einige hatten auch kleinere Scheine abgezählt. Auch gab es zwei Männer, die Tim ein paar Münzen in die Hand zählen mussten, um diesen Betrag zu erreichen. Tim schaute sie mitleidig an, nickte aber dann in die Richtung des Waldgebietes.

Nachdem das Finanzielle geregelt war, verschwanden die Männer nach und nach im Wald.

Maja hörte Schritte. Dann sah sie sie kommen.

Manche hatten Skimasken auf. Einige trugen auch Baseball-Mützen, deren Schirm sie sich bis direkt über die Augen heruntergezogen hatten. Sie wollten offenbar nicht erkannt werden, falls nachträglich irgendwelche Fotos oder Videos der „Veranstaltung" in die Öffentlichkeit gelangen sollten.

Es gab aber auch ein paar Männer, die für solche Vorsichtsmaßnahme entweder zu unerfahren waren oder die es nicht interessierte, was andere über sie denken würden.
Nach kurzer Zeit standen bestimmt 25 Männer um Maja herum. Zunächst traute sich niemand etwas zu sagen. Dann machte ein junger Kerl ohne Maske und ohne Mütze den Anfang. Er lächelte sie an und sagte: „Hallo, ich bin Thomas".

Maja lächelte zurück, aber bevor sie antworten konnte, verlor ein älterer Mann die Geduld.

Er schubste sie einfach um. Maja landete mit dem Rücken auf dem weichen, von Laub bedeckten Waldboden.

Dann stürzte er sich auf sie, schob ihr Hochzeitskleid hoch und riss ihr den weißén Slip runter. Das Höschen verhedderte sich etwas in ihren weißen High Heels, aber dann hatte der Mann es doch geschafft. Er warf den Slip weg, öffnete seine Hose und warf sich neben Maja. Dann griff er fest mit beiden Händen die Hüfte der zarten Frau und hob sie einfach über sich, bis sie auf ihm saß. Geschickt schob er sein hartes Glied zwischen ihre Schenkel.

Maja verspürte große Lust, als der Penis in sie hinein glitt. Sie fing an, ihr Hüfte langsam hoch und runter zu bewegen, wodurch das steife Glied in ihrer Vagina abwechselnd vor und zurück rutschte.

Der Kerl unter ihr ließ daraufhin ihre Hüfte los. Nun hatte er wieder beide Hände frei, um damit hastig das Oberteil des Kleides aufzureißen. Die Zierperlen flogen durch die Luft und verteilten sich auf dem Waldboden.

Maja störte es in ihrer momentanen Situation überhaupt nicht, dass ihre Kleidung beschädigt wurde. Bisher war Tim mit ihr nach wilden Sexorgien immer einkaufen gegangen und hatte

ihr neue Kleidung spendiert. Sie ging davon aus, dass es dieses Mal auch so sein würde.
Inzwischen zerriss der Mann, auf dem sie gerade ritt, ihren BH und legte ihre Brüste frei.
Die anderen Männer wollten aber auch nicht weiter passiv zuschauen. Maja fühlte, wie sich ein Kerl hinter sie kniete und ihre Hüfte erneut festgehalten wurde. Daher konnte sie leider die Reitbewegung nicht fortsetzen. Dafür fing der Mann unter ihr nun an, selbst aktiv zuzustoßen, während gleichzeitig der Typ hinter ihr seinen Penis in ihr Poloch bohrte.
„Jetzt pflüge ich dir dein Arschloch richtig durch" flüsterte er ihr dabei lüstern ins Ohr.

Maja stöhnte vor Lust laut auf, aber schon nach ein paar Sekunden wurde ihr ein weiteres großes Glied langsam in den Mund geschoben. Daher verstummte sie wieder. Gierig begann sie, zu saugen.

Maja fühlte sich wie im Himmel. Sämtliche Löcher waren ausgefüllt und wohin sie auch schaute sah sie harte männliche Geschlechtsteile. Sie griff sich mit jeder Hand einen Penis und fing an, die dazugehörigen Männer mit langsamen, aber bestimmten Bewegungen der Handgelenke zu befriedigen.

Um sie herum fingen immer mehr Kerle an, selbst an ihren Gliedern herumzuspielen. Inzwischen stieß der Mann, der hinter ihr kniete, immer fester in ihren Po. Dann spürte sie, wie sein Penis in ihr zu zucken begann und losspritzte. Der Mann schob sein langsam schlaffer werdendes Glied noch ein paar Mal hinein. Dann zog er es ganz heraus und stand auf. Maja spürte, wie sein Sperma aus ihrem Poloch herausströmte und an ihren Oberschenkeln herunter lief. Fast gleichzeitig kam der Typ, dessen Geschlechtsteil in ihrem Mund steckte, zum Höhepunkt. Ohne Vorwarnung kam sein Samen in mehreren großen Schüben aus der Eichel.

„Los, schluck es runter, du Schlampe", hörte Maja ihn rufen.

Maja spielte eine Weile mit dem weißen Schleim in ihrem Mund, ließ ihn über die Lippen und durch die ganze Mundhöhle und schließlich genüsslich die Speiseröhre herunter laufen.

Dann spritzten immer mehr Männer ab. Das Glied in ihrer linken Hand war bereits leer. Der Samen lief über Majas Finger. Vier andere Teilnehmer der Orgie, die sich selbst befriedigt hatten, konnten sich auch nicht mehr zurückhalten. Zwei von ihnen spritzten auf ihre Brüste, einer auf die Haare und ein Mann mitten in ihr Gesicht. Auch im Nacken und auf dem Rücken glaubte Maja ein paar Kleckse Samen zu spüren.

Der Typ, der unter ihr lag, zog seinen Penis aus ihrer klitschnassen Vagina und spritzte ihr in diesem Augenblick die Schamlippen voll. Dann robbte er unter ihr hervor, um Platz für andere erregte Kerle zu machen.

Gleichzeitig spritzte das Glied in Majas rechter Hand los. Der Samenstrahl flog sehr weit und traf genau in den Gehörgang ihres rechten Ohres, wodurch sie dann alle folgenden Geräusche etwas gedämpfter wahrnahm.

Da sich nun kein Penis mehr in Majas Körperöffnungen befand, konnte sie sich wieder frei bewegen. Sie kniete sich hin und winkte alle Männer, die noch um sie herum standen, zu sich. Dann begann, einen Penis nach dem anderen zu streicheln und zu lutschen, bis der Samen herausspritzte. Sie versuchte, soviel davon zu schlucken wie möglich, aber die komplette Menge konnte sie einfach nicht aufnehmen.

Aus beiden Mundwinkeln tropfte der Samen auf ihre nassen Brüste herunter, während sie grabschte, kraulte, leckte und saugte.

Als ihr gerade wieder ein besonders großer Strahl Sperma ins Gesicht klatschte, bemerkte sie wieder den jungen Kerl, der sich am Anfang schüchtern als Thomas vorgestellt hatte. Er stand etwas abseits mit geöffneter Hose, aus der sein hart geschwollener Penis herausschaute. Maja lächelte ihm zu und kümmerte sich nun zügig darum, alle anderen Glieder schnell zum Abspritzen zu bringen.

Nachdem abgesehen von Thomas wirklich alle Männer befriedigt waren und Majas Körper restlos mit weißem Schleim bedeckt war, hatte sie endlich Zeit, sich ausführlich um den jungen Kerl zu kümmern.

Eigentlich war er für ihren Geschmack viel zu nett, aber irgendwie trotzdem süß. Sie bat ihn mit einer Geste, näher zu kommen.

Als er schüchtern vor ihr stand, gab sie ihm zunächst einen zärtlichen Kuss auf die Eichel. Dann riss sie ihn zu Boden und begann ausführlich, seinen großen Penis mit ihrer Zunge zu verwöhnen.

Sie saugte das große Glied vorsichtig komplett in ihren Mund und lies ihre Lippen mehrmals daran hoch und runter rutschen.

Dann ließ sie ihre Zunge am Penis entlang wandern und den kompletten Hodensack erkunden. Thomas war im Intimbereich frisch rasiert und es fühlte sich toll auf Majas Zunge an, über diese glatte Haut zu schlecken.

Nach kurzer Zeit wurde Thomas so unruhig, dass Maja befürchtete, er würde abspritzen, bevor sie ihn richtig in sich spürte. Also hörte sie auf zu lecken und kniete sich auf seine Hüfte. Sie griff sich den steifen Penis und schob ihn sich genüsslich in die Vagina.

Zuerst bewegte sie sich langsam auf und ab und fing dann immer schneller an, auf Thomas zu reiten. Er stöhnte vor Erregung und begann, ihre klebrigen und nassen Brüste zu streicheln und zu kneten.

Auch Maja war kurz vor dem Höhepunkt. Sie fing an, mit den Fingern ihre Klitoris zu liebkosen. Dann spürte sie, wie sein Glied zuckte und wie sein Samen in sie hineinspritzte. Sie ritt einfach weiter bis er nach kurzer Zeit erschöpft unter ihr lag. Dann stieg sie langsam ab und legte sich neben Thomas. Sein Sperma lief an ihren Schamlippen herunter.

Maja schaute sich um. Alle Männer außer Thomas waren gegangen.

„Du musst jetzt gehen" sagte sie zu ihm. Er nickte, stand auf und zog seine Hose hoch. Dann ging er in Richtung Parkplatz davon.

Als Tim wieder das Waldgebiet betrat, lag Maja dort allein und erschöpft auf dem Boden.

Sie war fast nur noch mit ein paar Fetzen des Brautkleides bekleidet, das bis zum Bauchnabel hochgeschoben war. Außerdem trug sie noch am rechten Fuß einen ihrer weißen High Heels. Der andere lag neben ihr im Schlamm.
Auf den Schultern hingen noch Fetzen ihrer Bluse. Ihr ganzer Körper war mit Sperma bedeckt und glänzte. Überall auf ihrer Haut klebte Laub und Dreck.

Sie schaute Tim müde, aber hochzufrieden an.

„So viele Schwänze habe ich noch nie leer gemacht. Das war unheimlich geil", sagte sie stolz.

Tim kramte einen Schlüssel aus seiner Jackentasche und öffnete die Vorhängeschlösser. Dann wickelte er die Kette zusammen und stopfte sie wieder in seine Tasche.

Danach warf er vor Maja ihren Stoffrucksack auf den Boden.

„Zieh dir mal was an. Dann geht es gleich weiter. Für Morgen habe ich ein Rudel Afrikaner mit riesigen Schwänzen organisiert. Dann wirst du so richtig wund gefickt…"

„Danke Schatz. Das werden wundervolle Flitterwochen."

Getröstet

Sie spürte einen immer stärker werdenden Würgereiz in ihrem Rachen. Dieser Kerl kniete über ihrem Kopf und schob seinen Penis immer wieder tief in den Hals der jungen Frau. Die nass geschwitzten Schenkel des stöhnenden Mannes fühlte sie direkt neben ihrem Gesicht.

Eigentlich lutschte sie gern auf einem harten Penis herum und schluckt auch gern Samen, aber in diesem Fall war sie sehr unzufrieden mit der Situation.
Dieser Typ ging gar nicht auf sie ein. Er hatte ihre Muschi bisher weder gestreichelt noch geleckt, obwohl sie sich das so sehr gewünscht hatte. Er wollte offenbar einfach nur weiter in ihrem Mund herumrammeln, bis er gleich abspritzen würde.

Sie vermutete, dass es nicht mehr lange dauern würde, bis er sein Sperma in ihre Kehle schießen würde. Also würde sie ihn einfach weiter machen lassen, den schleim herunterschlucken und seinen Pimmel danach schön sauberlecken. Dann würde sie sich anziehen, sich verabschieden und dieses selbstsüchtige Arschloch nie wieder sehen.

Allerdings fühlte sie in diesem Moment, dass der Penis in ihrem Mund langsam schlaffer wurde. Der Gedanke, von einem impotenten Versager in den Mund gefickt zu werden, ekelte sie an. Sie wollte das Ganze nun noch schneller beenden.

Also spuckte die schöne Frau den Schwanz einfach aus. Der junge Mann sprang auf und sah sie deprimiert an. Er zuckte etwas hilflos mit den Schultern und hob dann seine Unterhose vom Boden auf.

Jetzt hatte sie doch Mitleid mit ihm. Sie kniete sich vor ihn auf den Boden, kraulte zärtlich seinen Hodensack und schob dann langsam die Vorhaut zurück. Gekonnt spuckte sie auf seine Eichel.
Jetzt begann sie, seine Vorhaut immer wieder vor- und zurück zu schieben. Das machte sie immer schneller.
Gleichzeitig beugte sie sich vor und begann, genüsslich seine Rosette zu lecken. Sein Stöhnen verriet ihr, dass diese Behandlung genau das war, was er jetzt brauchte. Auch der Schwanz wurde in ihrer Hand immer härter.

Bald begann der Penis heftig zu zucken. Sie zog ihren Kopf zurück und hielt dann ihr Gesicht genau vor die Eichel.
Im gleichen Moment spritzte er auch schon los. Große Samenmengen klatschten in ihre Augen, auf die Stirn, in ihr Haar und auch in ihren weit aufgerissenen Mund.

Gierig schluckte sie den Samen herunter. Sie wichste den Schwanz so lange weiter, bis auch das letzte Samen-Tröpfchen heraus gemolken war.

Danach reinigte sie den Penis ausführlich mit ihrer Zunge. Sie fuhr sich mit den Fingerspitzen durch ihr Gesicht und sammelte den weißen Schleim auf. Danach leckte sie sich genüsslich die Finger sauber.
Anschließend zog sie sich an und verließ wortlos die Wohnung des jungen Mannes.

Gleich würde sie sich noch ausführlich mit ihrem Vibrator selbstbefriedigen müssen.
Sie musste dringend jemanden für richtig harte Fick-Erlebnisse finden.

Berühmt

Heike versuchte, ihre Aufregung zu verbergen.
Wortlos setzte sie sich auf das schwarze
Kunstledersofa und schlug ihre Beine
übereinander.

Der ältere Herr, der ihr gegenüber saß, lächelte
sie neugierig an.

„Dann erzähl mal, warum bist du hier?" Er
zündete sich eine Zigarette an und musterte sie
von oben bis unten.

„Wissen Sie, ich wollte schon immer
Schauspielerin werden. Leider hat mir immer das
Geld für entsprechende Schulungen gefehlt, aber
ich habe wirklich Talent. Alle meine Freunde
sagen, dass ich es wirklich kann..."

„Ich muss schon zugeben, dass du echt süß
aussiehst. Ich könnte mir schon vorstellen, dass
wir zum Ausprobieren eine kleine Rolle für dich
haben.
Weißt du eigentlich, was wir hier für Filme
drehen?"

„Ehrlich gesagt, nicht. Eine Freundin hat mich gerade spontan angerufen und mir gesagt, hier sei heute ein Casting.
Da bin ich natürlich sofort hierhin gekommen."

„Ok, kein Problem. Also, im Augenblick geht es um einen romantischen Liebesfilm. Dafür brauche ich noch eine junge Frau und dich könnte ich mir in der Rolle wirklich gut vorstellen..."

Heike strahlte: „Das wäre toll. Ich würde Sie bestimmt nicht enttäuschen..."

„Wir könnten ja mal eine kurze Szene zusammen durchspielen. Es ist allerdings so, dass natürlich ein paar erotische Szenen vorkommen. Also sei bitte nicht allzu prüde..."

Langsam wurde Heike klar, wo sie hier gelandet war: „Na super, Sie suchen eine Porno-Schlampe für Ficken-Filme?!"

„Stimmt, aber die Bezahlung ist echt gut und wenn du locker bist, kriegst du auch eine Menge Spaß.
Außerdem kannst du damit wirklich bekannt werden, wenn du richtig geil abgehst. Ein paar

unserer Girls drehen inzwischen auch normale Filme und müssen nicht mal ihre Titten dabei zeigen…"

Heike lächelte ihn schüchtern an:" OK, ich muss zugeben, dass ich im Augenblick ziemlich pleite bin. Und Sex mag ich auch…"

Das war Alles, was der Mann hören wollte. Sofort stand er auf, öffnete seinen Reißverschluss und holte seinen harten Penis raus.

Heike verstand sofort, was er von ihr erwartete. Sie stand auf und stellte sich vor ihn. Zärtlich griff sie nach seinem Schwanz und begann ihn mit einer Hand langsam zu wichsen, während die Finger ihrer anderen Hand gefühlvoll seine Eier kraulten.

Er griff gierig in ihren Ausschnitt, schob den BH runter und beförderte ihre prallen Brüste ans Tageslicht. Dann knetete er sie ausführlich, beugte sich etwas vor und lutschte immer wieder abwechselnd beide Nippel.

Nach kurzer Zeit fasste er sie an den Schultern und drückte sie nach unten.

Widerstandslos glitt Heike auf die Knie und begann, seinen Schwanz zu lutschen. Immer wieder ließ sie ihre vollen Lippen über den steifen Penis gleiten.

Nach kurzer Zeit zuckte sein Schwanz etwas in ihrem Mund und spritzte dann los.

Sie schluckte Alles runter um ihm zu zeigen, dass sie sich nicht vor Sperma ekelte.

Dann leckte sie seine Eichel sauber, stand auf und begann ihre Busen wieder in der Bluse zu verstauen.

„Dass war echt gut. Blasen kannst du schon mal sehr schön."

Heike leckte noch einmal über ihre Lippen, um die letzten Sperma-Reste zu entfernen: „OK, also kriege ich den Job!?"

Der Mann lächelte sie mitleidig an: „Ich würde dir sofort einen Job geben, wenn ich wirklich Pornos drehen würde.
Aber ich habe dich mit der Casting-Anzeige verarscht. Ich wollte nur mal wieder Einen geblasen kriegen..."

Im Club

Sie war noch nie hier.
Es war nur ein kleines, schmutziges dunkles
Hinterzimmer im Swinger-Club.

Eine unverkleidete Glühbirne baumelte als einzige
Beleuchtung von der Decke.

Ansonsten kamen die einzigen Lichtstrahlen von
dem Loch in der Wand.

Caroline wartete, bis es so weit war. Es wurde
dunkel vor dem Loch und Thorsten schob von der
anderen Seite langsam seinen Penis hindurch.

Als Nächstes griff sie nach seinem Glied, das
inzwischen angeschwollen und ziemlich hart war.
Mit festem Griff umfasste sie es und schob
mehrmals die Vorhaut vor und wieder zurück.

Caroline fand, dass Thorstens Penis sich in ihrer
Hand zwar toll anfühlte, aber etwas zu trocken
war. Um das zu ändern, spuckte sie kurzerhand
auf die Eichel. Danach hielt sie das Glied mit der
Eichel nach oben fest und schaute zu, wie ihr

Speichel langsam an dem harten Körperteil herunter floss.

Dieser Anblick führte zu einem intensiven Kribbeln in ihrem Unterleib.

Gierig öffnete sie den Mund und schob den Penis so weit es ging hinein. Sie spürte, wie seine Eichel fast in ihrem Rachen landete. Caroline unterdrückte den Würgereiz und begann vorsichtig zu saugen. Gleichzeitig tastete sie mit ihrer Zungenspitze das nasse Glied ab.

Genau so hatte sie es sich vorgestellt. Es sollte glitschig und schleimig sein und eine schöne Sauerei geben.

Dann begann sie, ihren Kopf immer wieder vor und zurück zu schieben. Zunächst langsam und zärtlich, aber dann immer gieriger und schneller. Sie schob sich Thorstens Geschlechtsteil so weit in ihren Hals, dass ihre Lippen bereits seinen Hodensack berührten. Immer wider klopfte seine harte Eichel an ihren Rachen.

Sie schaffte es zwar inzwischen ganz gut, den Würgereiz zu unterdrücken aber ihre Speichelproduktion wurde durch die Überreizung stark angeregt. So wurde es in ihrem Mund immer nasser.

Der Speichel lief aus ihrem Mund, die Unterlippe herunter und tropfte dann auf ihr T-Shirt.

Caroline wurde durch dieses Zusammenspiel aus schleimiger Flüssigkeit und knallhartem Penis in ihrem Mund so stark erregt, dass sie merkte, wie ihre Vagina immer feuchter wurde und ihr Slip sich daher langsam voll saugte.

Auch Thorsten wurde immer unruhiger. Seine Knie begannen zu zittern.
Caroline war zwar unheimlich gierig darauf, sein Sperma auf ihrem Gesicht und im Mund zu spüren, aber es machte ihr so viel Spaß, sein Glied zu lutschen und zu verwöhnen, dass sie seinen Höhepunkt unbedingt noch etwas hinauszögern wollte.
Daher zog sie den harten, nass glänzenden Penis wieder aus ihrem Mund. Es bildete sich ein langer Faden aus Speichel zwischen ihren Lippen und seiner Eichel. Nach kurzer Zeit riss dieser Faden an seiner Eichel ab und klatschte auf Carolines inzwischen von den Speicheltropfen ziemlich nasses T-Shirt.
Caroline begann nun, Thorstens Hoden zärtlich mit ihren Fingerspitzen zu massieren. Sein

kompletter Intimbereich war frisch rasiert und fühlte sich unheimlich glatt und geschmeidig an.

Die gierige junge Frau drückte den Sack unter den beiden Hoden zusammen. Jetzt konnte sie sehen, dass Thorstens linker Hoden etwas größer war als der rechte.

Dass half ihr bei der anstehenden Entscheidung. Langsam und genüsslich begann sie, den linken Hoden abzulecken.

Ihre Zungenspitze tastete jeden Quadratzentimeter des schön geformten Balls ab. Danach schob sie dich den ganzen Hoden in den Mund und fing an, daran zu saugen.

Thorstens Knie zitterten jetzt noch mehr und es bildete sich ein kleines Tröpfchen Flüssigkeit auf seiner Eichel. Caroline sah es sofort. Sie spuckte sofort den großen Hoden aus und leckte über die Spitze der Eichel, bis sie wieder sauber war.

Sie wusste, dass er sich nicht mehr lange beherrschen können würde. Daher positionierte sie ihr Gesicht direkt vor seinem Penis, umfasste diesen mit ihrer rechten Hand und schob mit hoher Geschwindigkeit die Vorhaut hoch und runter. Mit den Fingerspitzen der linken Hand kraulte sie seine Hoden.

Dann war es soweit. Thorsten stöhnte laut auf. Ein großer Strahl Sperma schoss aus seiner Eichel und landete direkt auf Carolines Brille, Nase und Kinn.

Caroline riss nun ihren Mund weit auf, um den nächsten Spermaschuß direkt auffangen und herunterschlucken zu können.

Und dann begann das eigentliche Feuerwerk. In vielen kleinen Schüben schoss der Samen aus Thorstens Penis. Ein großer Teil des Spermas landete wirklich wie geplant in Carolines Mund, aber auch ihre Lippen ihr Kinn wurde weiter besprenkelt.

Caroline schluckte zunächst einfach etwas Sperma herunter, weil ihr Mund einfach zu voll war, um diese große Flüssigkeitsmenge dort aufzubewahren. Sie ließ die weiße klebrige Flüssigkeit über ihre Zunge fließen und genoss den einzigartigen Geschmack.
Aber sie hatte sich auch vorgenommen, eine große Sauerei zu veranstalten und was bisher geschehen war, fand sie einfach noch zu harmlos.

Daher spuckte sie den großen Rest der Spermaladung einfach zurück auf Thorstens Glied.

Fasziniert beobachtete sie, wie die weiße Soße am Penis und Hodensack herunter rutschte.
Dann begann sie, jedes Tröpfchen einzeln genüsslich aufzulecken. Sie tastete mit der Zungenspitze seinen kompletten Intimbereich ab. Sie leckte, schleckte und schluckte, bis alles wieder blitzblank war.

Thorsten stand völlig befriedigt vor der Wand und holte tief Luft.

Caroline lächelte, nahm ihre Brille ab und begann, auch ihre Brillengläser mit der Zungenspitze von den Spermatropfen zu reinigen.

Abgespritzt

Sie lag keuchend unter mir. Ihre üppigen Brüste wippten im Takt, während ich meinen Schwanz immer wieder tief in ihre nasse Muschi stieß.

Ich spürte ihren heißen Atem auf meinem Gesicht und fühlte, wie ihre Finger trotz meiner Fickstöße meinen Hodensack abtasteten und zärtlich kraulten.

„Spritz doch einfach ab!" Sie schaute mir erwartungsvoll in die Augen. Ich stieß jetzt noch fester und schneller zu und starrte dabei auf ihre wild tanzenden Titten.

Dann konnte ich meinen Samenerguss nicht länger zurückhalten. Ich spritzte einfach los. Jetzt griff sie fest zu und zerquetschte fast meine Eier.
Es schmerzte etwas, war aber gleichzeitig unglaublich geil.

Nach ein paar weiteren Stößen blieb ich erschöpft auf ihr liegen. Ich griff mir ihre Brüste, knetete sie ausführlich und lutschte an ihren Nippeln herum.

Dann schubste sie mich wortlos zur Seite. Ich drehte mich zu ihr und schaute sie an. Ich sah ihre nassen, mit Samen bekleckerten Schamlippen.

Sie gab mir noch einen Stoß und ich lag auf dem Rücken. Sie beugte sich über mich und begann, meinen nassen, klebrigen Schwanz zu lutschen. Ihre Zunge tastete jeden Zentimeter meines Pimmels und meines Sacks ab und sammelte dabei jedes kleine Sperma-Tröpfchen ein. Nach kurzer zeit war mein Penis wie frisch gewaschen...

Jogging

Sie lief schon seit einer Stunde. Der Schweiß lief in Strömen an ihrem durchtrainierten Körper herunter. Das helle, knapp sitzende Sport-Top war schon so nass und durchsichtig geworden, dass ihre festen, runden Brüste darunter für jedermann gut zu sehen waren.

Maja liebte Sport. Ihre Jogging-Strecke durch den Wald, die sie jeden Nachmittag lief, machte ihr riesige Freude.
Aber jetzt war sie außer Atem und brauchte eine Pause. Sie hielt an, atmete tief durch und begann mit ihren Dehnübungen.

Dann bemerkte sie einen jungen Mann, der direkt neben ihr stand und interessiert zuschaute.
Sie sah ihn fragend an. Ohne Umschweife kam er sofort zum Thema: „Hallo, schöne Frau. Du siehst echt toll aus. Hast du vielleicht Interesse daran, ein paar meiner Freunde und mich näher kennen zu lernen? Wir sind unheimlich nett und einfühlsam…"

Eigentlich fand sie diesen Spruch etwas plump, aber da Maja zur Zeit keinen Freund hatte und etwas Gesellschaft ihr bestimmt gut tun würde, lächelte sie den Mann freundlich an und nickte zustimmend.

Manche Frauen brauchen viel Romantik, Kerzenlicht, seichte Musik und Händchenhalten. Sie schmusen gern und nehmen schon aus Prinzip keinen Schwanz in den Mund.
Man sollte aufpassen, möglichst nicht an diese Sorte Frau zu geraten. Wer einer solchen Frau verfallen ist, wird wohl nie wieder richtigen Spaß am Sex haben.
Gott sei Dank gibt es noch andere Sorten.
Manche lassen sich gern in alle Löcher ficken und anspritzen, lecken einem die Eier und schlucken so viel Sperma wie sie kriegen können.
Es gibt Frauen, die mehrere Schwänze gleichzeitig brauchen, Frauen die beim Ficken gern angespuckt, beschimpft, geschlagen oder gewürgt werden.
Manche stehen auf Lack, Peitschen oder Anpissen.

Es ist eigentlich für jeden Geschmack etwas dabei. Wichtig ist nur, nicht die langweiligen romantischen Frauen zu erwischen…

Der Mann pfiff laut.

Maja hörte Schritte. Dann sah sie sie kommen.

Manche hatten Skimasken auf. Einige trugen auch Baseball-Mützen, deren Schirm sie sich bis direkt über die Augen heruntergezogen hatten. Sie wollten offenbar nicht erkannt werden, falls nachträglich irgendwelche Fotos oder Videos der „Veranstaltung" in die Öffentlichkeit gelangen sollten.

Es gab aber auch ein paar Männer, die für solche Vorsichtsmaßnahme entweder zu unerfahren waren oder die es nicht interessierte, was andere über sie denken würden.
Nach kurzer Zeit standen bestimmt 25 Männer um Maja herum. Zunächst traute sich niemand etwas zu sagen. Dann machte ein junger Kerl ohne Maske und ohne Mütze den Anfang. Er lächelte sie an und sagte: „Hallo, ich bin Thomas".

Maja lächelte zurück, aber bevor sie antworten konnte, verlor ein älterer Mann die Geduld.

Er schubste sie einfach um. Maja landete mit dem Rücken auf dem weichen, von Laub bedeckten Waldboden.
Dann stürzte er sich auf sie und riss ihr die Jogginghose und den schwarzen Slip runter. Das Höschen verhedderte sich etwas in ihren Laufschuhen, aber dann hatte der Mann es doch geschafft. Er warf den Slip weg, öffnete seine Hose und warf sich neben Maja.
Dann griff er fest mit beiden Händen die Hüfte der zarten Frau und hob sie einfach über sich, bis sie auf ihm saß. Geschickt schob er sein hartes Glied zwischen ihre Schenkel.
Maja verspürte große Lust, als der Penis in sie hinein glitt. Sie fing an, ihr Hüfte langsam hoch und runter zu bewegen, wodurch das steife Glied in ihrer Vagina abwechselnd vor und zurück rutschte.
Der Kerl unter ihr ließ daraufhin ihre Hüfte los. Nun hatte er wieder beide Hände frei, um damit hastig ihr Top aufzureißen. Der Stoff zerfetzte sofort ohne jeden Widerstand. Maja störte es in ihrer momentanen Situation überhaupt nicht, dass ihre Kleidung beschädigt wurde. Inzwischen

legte der Mann, auf dem sie gerade ritt, ihre Brüste frei.

Die anderen Männer wollten aber auch nicht weiter passiv zuschauen. Maja fühlte, wie sich ein Kerl hinter sie kniete und ihre Hüfte erneut festgehalten wurde. Daher konnte sie leider die Reitbewegung nicht fortsetzen. Dafür fing der Mann unter ihr nun an, selbst aktiv zuzustoßen, während gleichzeitig der Typ hinter ihr seinen Penis in ihr Poloch bohrte.

„Jetzt pflüge ich dir dein Arschloch richtig durch" flüsterte er ihr dabei lüstern ins Ohr.

Maja stöhnte vor Lust laut auf, aber schon nach ein paar Sekunden wurde ihr ein weiteres großes Glied langsam in den Mund geschoben. Daher verstummte sie wieder. Gierig begann sie, zu saugen.

Maja fühlte sich wie im Himmel. Sämtliche Löcher waren ausgefüllt und wohin sie auch schaute sah sie harte männliche Geschlechtsteile. Sie griff sich mit jeder Hand einen Penis und fing an, die dazugehörigen Männer mit langsamen, aber bestimmten Bewegungen der Handgelenke zu befriedigen.

Um sie herum fingen immer mehr Kerle an, selbst an ihren Gliedern herumzuspielen. Inzwischen stieß der Mann, der hinter ihr kniete, immer fester in ihren Po. Dann spürte sie, wie sein Penis in ihr zu zucken begann und losspritzte. Der Mann schob sein langsam schlaffer werdendes Glied noch ein paar Mal hinein. Dann zog er es ganz heraus und stand auf. Maja spürte, wie sein Sperma aus ihrem Poloch herausströmte und an ihren Oberschenkeln herunter lief. Fast gleichzeitig kam der Typ, dessen Geschlechtsteil in ihrem Mund steckte, zum Höhepunkt. Ohne Vorwarnung kam sein Samen in mehreren großen Schüben aus der Eichel.

„Los, schluck es runter, du Schlampe", hörte Maja ihn rufen.

Maja spielte eine Weile mit dem weißen Schleim in ihrem Mund, ließ ihn über die Lippen und durch die ganze Mundhöhle und schließlich genüsslich die Speiseröhre herunter laufen.

Dann spritzten immer mehr Männer ab. Das Glied in ihrer linken Hand war bereits leer. Der Samen lief über Majas Finger. Vier andere Teilnehmer der Orgie, die sich selbst befriedigt hatten, konnten sich auch nicht mehr zurückhalten. Zwei von ihnen spritzten auf ihre Brüste, einer auf die Haare und ein Mann mitten in ihr Gesicht. Auch im Nacken und auf dem Rücken glaubte Maja ein paar Kleckse Samen zu spüren.

Der Typ, der unter ihr lag, zog seinen Penis aus ihrer klitschnassen Vagina und spritzte ihr in diesem Augenblick die Schamlippen voll. Dann robbte er unter ihr hervor, um Platz für andere erregte Kerle zu machen.

Gleichzeitig spritzte das Glied in Majas rechter Hand los. Der Samenstrahl flog sehr weit und traf genau in den Gehörgang ihres rechten Ohres, wodurch sie dann alle folgenden Geräusche etwas gedämpfter wahrnahm.

Da sich nun kein Penis mehr in Majas Körperöffnungen befand, konnte sie sich wieder frei bewegen. Sie kniete sich hin und winkte alle Männer, die noch um sie herum standen, zu sich. Dann begann, einen Penis nach dem anderen zu streicheln und zu lutschen, bis der Samen herausspritzte. Sie versuchte, soviel davon zu

schlucken wie möglich, aber die komplette Menge konnte sie einfach nicht aufnehmen.
Aus beiden Mundwinkeln tropfte der Samen auf ihre nassen Brüste herunter, während sie grabschte, kraulte, leckte und saugte.

Als ihr gerade wieder ein besonders großer Strahl Sperma ins Gesicht klatschte, bemerkte sie wieder den jungen Kerl, der sich am Anfang schüchtern als Thomas vorgestellt hatte. Er stand etwas abseits mit geöffneter Hose, aus der sein hart geschwollener Penis herausschaute. Maja lächelte ihm zu und kümmerte sich nun zügig darum, alle anderen Glieder schnell zum Abspritzen zu bringen.
Nachdem abgesehen von Thomas wirklich alle Männer befriedigt waren und Majas Körper restlos mit weißem Schleim bedeckt war, hatte sie endlich Zeit, sich ausführlich um den jungen Kerl zu kümmern.
Eigentlich war er für ihren Geschmack viel zu nett, aber irgendwie trotzdem süß. Sie bat ihn mit einer Geste, näher zu kommen.

Als er schüchtern vor ihr stand, gab sie ihm zunächst einen zärtlichen Kuss auf die Eichel.

Dann riss sie ihn zu Boden und begann ausführlich, seinen großen Penis mit ihrer Zunge zu verwöhnen.

Sie saugte das große Glied vorsichtig komplett in ihren Mund und lies ihre Lippen mehrmals daran hoch und runter rutschen.

Dann ließ sie ihre Zunge am Penis entlang wandern und den kompletten Hodensack erkunden. Thomas war im Intimbereich frisch rasiert und es fühlte sich toll auf Majas Zunge an, über diese glatte Haut zu schlecken.

Nach kurzer Zeit wurde Thomas so unruhig, dass Maja befürchtete, er würde abspritzen, bevor sie ihn richtig in sich spürte. Also hörte sie auf zu lecken und kniete sich auf seine Hüfte. Sie griff sich den steifen Penis und schob ihn sich genüsslich in die Vagina.

Zuerst bewegte sie sich langsam auf und ab und fing dann immer schneller an, auf Thomas zu reiten. Er stöhnte vor Erregung und begann, ihre klebrigen und nassen Brüste zu streicheln und zu kneten.
Auch Maja war kurz vor dem Höhepunkt. Sie fing an, mit den Fingern ihre Klitoris zu liebkosen.

Dann spürte sie, wie sein Glied zuckte und wie sein Samen in sie hineinspritzte. Sie ritt einfach weiter bis er nach kurzer Zeit erschöpft unter ihr lag. Dann stieg sie langsam ab und legte sich neben Thomas. Sein Sperma lief an ihren Schamlippen herunter.

Freiwilliger Wehrdienst

Das Feldbett quietschte erbärmlich. Es wurde natürlich nicht für die Aktivitäten konstruiert, die gerade in diesem Augenblick auf ihm durchgeführt wurden, aber mir war total egal, ob es gleich zusammenbrechen würde.

Ich lag auf dem Rücken und auf mir ritt ein unglaublich schönes Mädel. Sie war höchstens zwanzig, hieß Lisa und war mein Feldwebel.

Ihre großen, weichen Brüste tanzten direkt über meinem Gesicht während sie ihr Becken immer wieder hoch und runter schnellen ließ.

Ich griff einfach zu. Nun hielt ich in jeder Hand eine dieser wundervoll weichen und warmen Titten. Ich knetete sie gierig und lutschte abwechselnd die Brustwarzen.

Ihre nasse und glatt rasierte Muschi glitt immer wieder auf meinem harten Schwanz hoch und runter.
Ich hätte jetzt gern ihr schönes Gesicht mit diesen leuchtend grünen Augen und dem sinnlichen Mund gesehen, aber Ingo versperrte

mir die Sicht. Er stand neben dem wackeligen Feldbett und hatte seinen dicken Pimmel gerade in diesem tollen Mund versenkt.

Ich konnte ein lautes Schmatzen und Schlürfen hören und war zunächst etwas neidisch auf Ingo, der gerade den vermutlich geilsten Blowjob seines Lebens bekam, aber dann wurde mir wieder bewusst, dass meine Situation nicht schlechter war. Außerdem stellte ich fest, dass dieses schmatzende Geräusch durch meinen eigenen Penis verursacht wurde, der immer wieder tief in dieser warmen, nassen und engen Fotze verschwand.

Dann spürte ich, dass sich ein paar flinke Finger an meinem Sack zu schaffen machten. Da Lisa damit beschäftigt war, Ingos Sack zu kraulen und seinen Pimmel zu wichsen, während sie ihn lutschte, konnte es nur Anja, Lisas Kollegin sein, die gerade meinen Sack verwöhnte. Ich beugte mich etwas zur Seite, um an Lisas dicken Titten vorbei zu schauen.
Ich hatte Recht. Anjas Kopf befand sich direkt hinter Lisas Po und ihre Finger und ihre Zunge glitten über meinen Sack. Hinter Anja wiederum

stand Dennis und schob ihr gerade sein Rohr in die Rosette.

Ich lehnte mich wieder zurück und genoss die Party.

Nach kurzer Zeit spritze ich in Lisas Muschi und schaute danach zu, wie Anja meinen Schwanz und meine Eier sauber leckte, während Dennis sie gierig in den Arsch fickte. Lisa kniete inzwischen vor Ingo und bemühte sich darum, ihn endlich zum Spritzen zu bringen.

Ein paar Sekunden später war es soweit. Ingos Sperma tropfte an Lisas Lippen herunter und Anja, aus deren Poloch inzwischen der weiße Schleim von Dennis heraus floss, ging zu ihr. Die Girls gaben sich nun heiße Zungenküsse und spuckten sich dabei immer wieder gegenseitig Ingos Sperma in den Mund.

Wir schauten begeistert dabei zu und wusste, dass wir mit unserem Antritt zum freiwilligen Wehrdienst die beste Entscheidung unseres Lebens getroffen hatten…

Im Aufzug

Inzwischen war es 19:35 Uhr.
Gina und Frank saßen inzwischen in der Shisha-Bar „The Fog".
Beide besuchten diesen Ort zum ersten Mal, da die Eröffnung erst vor zwei Wochen stattgefunden hatte.
In diesem Ladenlokal war es bereits die vierte Shisha-Bar-Eröffnung innerhalb der letzte drei Jahre, da sich die Bestimmungen zum Nichtraucherschutz und dadurch auch die Auflagen zum Betreiben einer solchen Bar immer wieder geändert hatten. Momentan war Voraussetzung, dass es sich um einen Verein und kein öffentliches Lokal handelte.

Die beiden frisch angeworbenen Vereinsmitglieder Gina und Frank saßen gemeinsam auf einer Mischung aus Sofa und Sitzsack. Vor ihnen standen zwei Teegläser und eine qualmende Wasserpfeife auf einem niedrigen Opiumtisch.

Die orientalische Musik war zwar auf Dauer etwas eintönig, aber so leise, dass sie nicht sonderlich störte.

Gina zog an ihrem Shisha-Schlauch und genoss das Mandarinen-Aroma, das die beiden ausgewählt hatten.

„Gehst du eigentlich mit all deinen Verabredungen in solche Bars?"

Frank schaute sie etwas erstaunt an: "Das Freizeitangebot ist hier ja nun etwas eingeschränkt.

Ein Bowling-Center oder einen Rhönradverein haben wir noch nicht.

Aber ehrlich gesagt ist das hier meine erste Verabredung in diesem Jahr...

Und wo machst du sonst immer einen drauf?"

„Eigentlich bin ich in den letzten zwei Jahren mit meinem Freund höchstens mal ins Kino oder zum Sport gegangen…"

Frank war sich nicht sicher, ob sich ihre Laune verschlechtern würde, wenn er weiter fragte, aber er wollte unbedingt wissen, wie seine

Chancen wirklich standen: „Und wo ist dein Freund heute?"

Gina zog noch einmal an ihrem Schlauch: „Ich nehme an, dass der Penner gerade seine Chefin fickt...."

Frank nippte an seinem Teeglas. Innerlich jubelte er, schaute aber sehr betroffen: „Oh, tut mir leid. Ich wollte nicht zu neugierig sein..."

Gina lächelte freundlich zurück: „Doch, wolltest du. Aber das ist ok. Ich habe deine Einladung ja nun angenommen. Dann muss ich auch damit rechnen, dass du mich was fragst."

Jetzt wurde Frank etwas mutiger: „Damit sind wir natürlich genau beim Thema.

Warum bist du überhaupt mitgekommen?

Sonst hast du dir doch immer viel Mühe gegeben, mich möglichst Scheiße zu finden..."

„Eigentlich finde ich, dass du ein ziemlich netter Kerl bist..."

Jetzt wollte Frank das Eisen schmieden, solange es noch heiß war: „Nett genug, um nachher noch einen Kaffee mit mir zu trinken?"

Als Gina ihm zustimmte, hatte er es sehr eilig, zu bezahlen und mit ihr die Bar zu verlassen. Sie brauchten zu Fuß nur fünf Minuten bis zu Franks Wagen, stiegen in den Bulli und Frank gab Gas.

So schnell der Verkehr es zuließ, fuhr er nach Hause und stellte das Auto auf dem Parkplatz ab, der laut Mietvertrag zu seiner Zwei-Zimmer-Wohnung gehörte.
Diese befand sich im vierten Stockwerk eines etwas heruntergekommenen, achtstöckigen Hochhauses.

Es war nicht gerade die luxuriöse Behausung, die zur Soldgruppe eines Kriminaloberkommissars passte, aber bei Frank war die Finanzlage auch etwas komplizierter. Er zahlte monatlich einen recht großen Betrag für den Unterhalt seiner Exfrau und der Kinder und sah es nicht ein, den Rest seines Gehaltes für die Miete einer schönen Wohnung auszugeben, in der er dann doch nur allein vorm Fernsehgerät sitzen und Fußball schauen würde.

Frank öffnete die Haustür und sie standen in einem Treppenhaus, welches nicht wirklich einladend wirkte.
Die Wände waren mit cremeweißen Kacheln gefliest. Ein Teil der Fliesen war aber zerbrochen oder fehlte.
Überall hatten Jugendliche ihrer poetischen Ader freien Lauf gelassen und mit verschiedenfarbigen Permanent-Markern unanständige Bilder oder Sprüche auf die Wände gekritzelt.

Frank öffnete die Tür des Aufzuges und ließ Gina zuerst einsteigen.
Er drückte den Knopf für die vierte Etage, die Tür schloss sich und der Fahrstuhl setzte sich in Bewegung.
Gina schaute sich um. Der Aufzug wirkte nicht ganz so abstoßend wie das Treppenhaus, da er offenbar erst vor kurzem erneuert wurde.

Da sie nicht wusste, wie ansprechend sie die Einrichtung von Franks Wohnung finden würde, änderte sie kurzerhand den geplanten Verlauf des Abends etwas ab.

Gina betätigte den Notfallknopf und schlagartig blieb der Fahrstuhl zwischen der dritten und vierten Etage stehen.

Frank schaute sie erstaunt an. Damit hatte er nicht gerechnet. Aber bevor er etwas sagen konnte, griff Gina ihn mit beiden Händen am Hinterkopf und zog ihn so fest sie konnte an sich heran.

Sie drückte ihre geöffneten Lippen auf seinen Mund und begann sofort mit ihrer Zungenspitze, auch seine Lippen auseinander zu drücken.

Frank konnte zwar noch nicht richtig glauben, was ihm gerade passierte, ließ sich aber sofort darauf ein. Er ließ seine Zunge in ihren Mund gleiten und fasste Ginas Hüfte mit beiden Händen.

Eine ganze Weile standen sie so fast unbeweglich und tasteten gegenseitig ihre Mundhöhlen mit der Zunge ab.

Dann schubste Frank die wunderschöne Frau langsam zurück und drückte sie gegen die Aufzugstür.

Gina stöhnte leise auf und hob langsam ihr Knie an, bis sie sein hartes Glied durch den Stoff seiner Hose spürte.

Frank blieb kurz regungslos stehen. Als sie das Bein wieder runter nahm, ging er vor ihr auf die Knie. Vorsichtig schob er ihren Rock hoch und blickte kurz darauf auf einen kleinen weißen Slip. Der Stoff war schon völlig durchnässt und durchsichtig.

Gierig schob der Polizist den Stoff zur Seite und schon befand sich direkt vor seinem Gesicht eine bildhübsche, komplett glatt rasierte Vagina.
Die Schamlippen glänzten so feucht, dass Frank nicht widerstehen konnte. Genüsslich taucht er mit seiner Zungenspitze so tief es ging zwischen die nassen Lippen und tastete sie regelrecht von der Innenseite her ab. Der Geschmack auf der Zunge war unbeschreiblich.
Gina stöhnte zitternd und spreizte die Beine weiter, wodurch sich die Vagina etwas weiter öffnete.

Frank empfand das als Einladung, das Geschlechtsteil der jungen Regierungsangestellten intensiver zu bearbeiten. Als nächstes schob er daher seinen Finger tief in die Vagina hinein. Sie fühlte sich angenehm warm, nass und eng an. Gina griff plötzlich sein

Handgelenk und begann, es zunächst langsam, dann aber immer schneller werdend vor und zurück zu schieben. So versenkte Frank seinen Finger immer wieder tief zwischen ihren Schamlippen.

Da sie offenbar durch die Bewegungen immer erregter wurde, nahm er bald auch noch den Mittelfinger und den Ringfinger zur Hilfe.

Ginas Vagina war fast zu eng, um darin drei Finger vor und zurück zu schieben. Aber sie war so nass, dass es gerade eben passte.

Gina rüttelte inzwischen mit einer unheimlich hohen Geschwindigkeit an Franks Handgelenk. Er spürte, wie ihr ganzer Unterleib immer stärker zitterte, während seine Finger durch das enge, nasse Loch flutschten. Sie steuerte gerade offenbar auf einen sehr intensiven Orgasmus zu und begann, laut zu schreien. Dass sie sich im Fahrstuhlschacht eines Hochhauses befand und die Geräusche deshalb hervorragend auf sämtlichen Etagen zu hören waren, störte sie nicht im Geringsten.

Dann verstummte sie und schloss genüsslich die Augen. Sie hatte gerade einen unvergesslichen sexuellen Höhepunkt erlebt.

Nach einigen Sekunden öffnete sie die Augen wieder und schaute auf den vor ihr knienden Frank herunter, der bewegungslos vor ihr verweilte und sich nicht sicher war, wie es nun weitergehen würde.

Dann konnten die Beiden ein lautes Klopfen und einige ungeduldige Rufe zu hören, deren Ursprung offenbar oberhalb des Aufzuges war.
Genau konnten sie die Rufe nicht verstehen, aber es beschwerten sich eindeutig mehrere Personen im fünften oder sechsten Stockwerk über den blockierten Fahrstuhl.
Da Ginas Lustschreie im ganzen Haus zu hören waren, glaubte mit Sicherheit auch niemand an ein technisches Problem im Aufzug.

Gina lächelte Frank zufrieden an und schubste ihn dann ohne Vorwarnung um.
Als er dort wie ein umgedrehter Käfer mit dem Rücken auf dem Boden des Aufzuges lag, kniete sich nun Gina vor ihn und begann seine Hose zu öffnen. Nachdem Knopf und Reißverschluss überwunden waren, griff sie gierig in seinen Slip und brachte seinen knallharten Penis und den Hodensack zum Vorschein.

Dann kletterte sie einfach auf Franks Hüfte, griff sein Glied, setzte sich auf ihn drauf und führte es gleichzeitig langsam in ihre tropfnasse Vagina ein.

Sie begann mit langsamen Reitbewegungen, wobei das Glied immer wieder einige Zentimeter aus der Vagina heraus und dann wieder hinein rutschte. Dabei entstand ein schmatzendes Geräusch, welches beide als unheimlich erregend empfanden.

Frank griff mit beiden Händen nach Ginas Hüfte und unterstützte ihre Bewegungen, indem er die junge Frau immer wieder etwas anhob und dann auf seinem steifen Penis landen ließ.
Diesen Griff um die Hüfte musste er aber nach kurzer Zeit wieder aufgeben, da sein Drang, ihre Bluse zu öffnen und ihre Brüste freizulegen einfach zu groß war. Er griff mit beiden Händen in den Kragen der Bluse und riss den Stoff ruckartig auseinander.
Die Knöpfe flogen in alle Himmelsrichtungen. Das Geräusch, das bei ihrem Auftreffen auf den Wänden und dem Boden des Fahrstuhls entstand, erinnerte an eine zerrissene Perlenkette.

Nun versperrte nur noch ein knallroter BH
Franks freie Sicht auf Ginas Brüste.
Also zog er die Bluse aus dem Bund von Ginas
Rock heraus und griff mit beiden Händen unter
den Stoff hinter ihrem Rücken. Frank war nicht
wirklich geübt im Öffnen von Dessous, aber nach
ein paar Sekunden fielen die Träger des BH nach
unten und direkt über seinem Kopf befanden sich
zwei wunderschöne runde Brüste, die genau die
richtige Größe hatten. Die Brustwarzen waren
hart und spitz und der gesamte Busen schaukelte
sinnlich im Rhythmus der Reitbewegungen mit.

Frank konnte nur zugreifen. Es war wie ein
Reflex, den er gar nicht steuern konnte. In jeder
Hand hatte er nun eine runde, weiche Brust.
Er beugte sich mit dem Oberkörper nach oben,
da er unbedingt an Ginas Brustwarzen lutschen
wollte. Es war gar nicht so einfach, bei dieser
tanzenden Bewegung der gesamten Oberweite,
einen Nippel mit den Lippen einzufangen. Nach
einigen Versuchen schaffte er es aber.

Gierig nuckelte und saugte er an ihrer rechten
Brustwarze, während er gleichzeitig im Takt der
Reitbewegungen seine Hüfte nach oben stieß.

Gina griff hinter ihren Rücken und Frank spürte, wie ihre geschickten Finger begannen, seine Hoden zu kraulen.

Dann konnte er seinen Höhepunkt nicht länger zurückhalten. Er ließ ihre Brüste los, griff wieder nach ihrem Becken und stieß noch ein paar Mal sein hartes Glied tief zwischen Ginas Schamlippen, bis der Samen in einer großen Fontaine aus seiner Eichel sprudelte. Sie spürte, wie der Penis in ihrer Vagina zuckte, ritt aber einfach weiter, obwohl Frank schon fast regungslos und erschöpft unter ihr auf dem Fahrstuhlboden lag.
Erst als sie spürte, wie das Sperma langsam aus ihrer Vagina heraus floss, wurde sie ruhiger.

Eine Weile verharrten die Beiden regungslos in ihrer Liebesposition. Dann stand Gina langsam auf, schob ihr Höschen wieder an die richtige Stelle und zupfte den Rock wieder in Form.

Dann lächelte sie Frank an, der inzwischen auch aufgestanden war und gerade den Reißverschluss seiner Hose hochzog.

„Trinken wir jetzt einen Kaffee bei dir?"

„Klar." Frank sammelte die Knöpfe von Ginas Bluse auf und betätigte noch einmal den Notfallknopf.

Der Aufzug setzte sich wieder in Bewegung.

In den Po

Sie war noch enger, als ich es mir vorgestellt hatte. Aber ich wollte es unbedingt. Also biss ich die Zähne zusammen und drückte mein Becken nach vorn. Langsam bahnte sich meine Eichel den Weg in diese kleine, zuckende Rosette. Es schmerzte etwas aber ich machte weiter. Auch sie stöhnte laut auf.

Nach kurzer Zeit hatte ich meinen kompletten, harten Schwanz in ihrem Darm versenkt. Jetzt fühlte es sich nur noch toll an. Diese Wärme und Feuchtigkeit und dieser gleichmäßige Druck auf meinen Pimmel wirkten unglaublich erregend auf mich.

Die Schlampe ließ es sich einfach gefallen. Nur das Zucken ihres Unterleibes verriet mir, dass sie Lust verspürte.

Ich zog mein Rohr ein wenig zurück und stieß erneut zu. Sie stöhnte laut auf. Offenbar wollte sie mehr davon.

Das sollte sie kriegen. Ich begann, wild loszurammeln. Es war noch viel intensiver als die enge Fotze einer Jungfrau zu knallen.

Sie kreischte inzwischen laut vor Geilheit.

Lange würde ich es nicht mehr aushalten. Ich versuchte gar nicht, meinen Höhepunkt hinauszuzögern. Ich war so geil, dass ich es sowieso nicht geschafft hätte.

Dann war es soweit. Ich spritzte einfach los und fickte ihren Arsch dabei weiter. Mein Schwanz flutschte regelrecht durch den Schleim in ihrem Darm.

Dann zog ich meinen Pimmel heraus und schaute zu, wie der Samen langsam an ihrer Rosette herunterlief, über ihre nassen Schamlippen floß und dann auf den Teppich tropfte.

Anschließend stellte ich mich vor sie und hielt ihr meinen schmutzigen Pimmel vors Gesicht. Sie wusste sofort, was ich von ihr wollte.

Diese Frau war wirklich toll. Sie gab keine Widerworte und nahm sofort den dreckigen Schwanz in den Mund. Gierig lutschte sie darauf herum und leckte ihn ab, bis er wieder blitzblank war. Dass sei gerade eine Mischung aus Sperma und Scheiße von meinem Rohr leckte, schien sie überhaupt nicht zu stören…

Nachtrag zum Impressum:

Titel: Die feuchten Träume einer MILF
Autor: Natascha Franklin
Bildquelle: www.shutterstock.com/
              126979520.jpg

Herstellung und Verlag:
BoD - Books on Demand, Norderstedt
ISBN 978-3-8370-9523-4